Les Éditions du Boréal
4447, rue Saint-Denis
Montréal (Québec) H2J 2L2
www.editionsboreal.qc.ca

LORSQUE LE COEUR
EST SOMBRE

Gilles Archambault

LORSQUE LE COEUR EST SOMBRE

roman

Boréal

© Les Éditions du Boréal 2013
Dépôt légal : 1er trimestre 2013
Bibliothèque et Archives nationales du Québec

Diffusion au Canada : Dimedia
Diffusion et distribution en Europe : Volumen

*Catalogage avant publication de Bibliothèque et Archives nationales
du Québec et Bibliothèque et Archives Canada*

Archambault, Gilles, 1933-

    Lorsque le cœur est sombre

    ISBN 978-2-7646-2212-4

    I. Titre.

PS8501.R35L67   2013   C843'.54   C2012-942591-5

PS9501.R35L67   2013

ISBN PAPIER 978-2-7646-2212-4

ISBN PDF 978-2-7646-3212-3

ISBN ePUB 978-2-7646-4212-2

Pour Jacques Godbout

Lorsque le cœur est sombre, dans l'épreuve et dans la nuit,
ton sur ton, se réunir entre amis…

LÉON-PAUL FARGUE, *Refuges*

Dix heures

Luc

À vrai dire, je me passerais bien de ce souper. J'ai mal aux dents. Pas question de prendre rendez-vous chez le dentiste, les traitements de canal coûtent trop cher. D'ailleurs, qu'est-ce qui n'est pas hors de prix pour moi? Chômeur depuis des mois. Des emplois, j'en ai eu, et de tous les genres. Éclairagiste au théâtre, *best boy* au cinéma, peintre en bâtiment, concierge, déménageur, professeur d'anglais. Dans à peu près tous les cas, je remplaçais quelqu'un. La stabilité, connais pas. La preuve, je me retrouve à quarante-deux ans sans autres ressources que l'aide sociale. Je tire le diable par la queue, comme disait ma mère. Aussi devrais-je être heureux que Ghislain m'invite au restaurant. Il vient d'avoir quatre-vingt-deux ans et n'accepte pas de les avoir. Ghislain Lemire qui n'a pas joué depuis longtemps, la dernière fois c'était une courte apparition dans un *soap* imbuvable, Ghislain qui croit toujours que sa carrière n'est pas achevée, il l'a répété l'autre jour à la télévision au meneur de jeu d'un quiz qui l'a interrompu cinq ou six fois. Mal aux dents ou non, j'aime bien Ghislain.

Quand j'ai entendu sa voix au téléphone, j'ai été surpris. Aucune nouvelle de lui depuis six mois à peu près. Avais-je oublié que j'avais été de la figuration d'un film dans lequel il tenait le premier rôle? Bien sûr, j'avais oublié. Pas question de le lui dire. Il voulait nous réunir, nous, ses amis, dans un restaurant chinois où, disait-il, il avait ses habitudes. Moi, un ami? Il fallait donc qu'il en soit dépourvu pour qu'il souhaite ma présence. Peut-être a-t-il senti mon étonnement puisqu'il a ajouté qu'il tenait vraiment à ce que je sois de la fête. Est-ce que je me souvenais de Marion? Comment aurais-pu l'oublier, une chic fille dont j'étais presque tombé amoureux. Elle aussi faisait de la figuration dans le film de Ghislain. Sur le plateau, Ghislain lui avait fait une cour effrénée. Insensible à ses avances au début, Marion avait cédé. Protester, m'interposer, pas mon genre. Ghislain avait sa réputation, je n'étais rien. Figurant le jour, gardien la nuit dans un parking souterrain.

Il tenait à ce que je sois présent à son souper à

cause du souvenir de Marion. Pour me remercier de m'être effacé sans faire d'histoires. Marion et lui, des mois de bonheur, me disait-il, de l'émotion dans la voix. Avec les comédiens, sait-on jamais où est la vérité ? Il me semblait que, cette fois, il ne jouait pas. Je me demande pourquoi j'ai prétendu que moi aussi j'étais amoureux fou de Marion. Peut-être le vieux ne sait-il pas qu'elle est morte, l'hiver dernier ? On est en avril, on oublie tout.

Il nous a invités dans un restaurant du centre-ville. Je nous « nous », sans savoir avec qui j'aurai à causer. Des gens de théâtre, probablement. Je saurai me débrouiller. Le milieu, je le connais un peu. Ces gens ne demandent qu'à parler, qu'à se mettre en valeur. Il suffit de leur poser une question ou deux et la conversation s'emballe. Pour ça, je n'ai pas mon pareil, je lance une phrase, l'air de rien, et j'observe. Pourvu que mes gencives ne me fassent pas trop souffrir. Si on me demande ce que je fais dans la vie, je finirai par dire que j'écris un roman. Ça impressionne.

Marie-Paule

Quand mon père se levait cinq ou six fois par nuit pour uriner, ma mère disait : « C'est sa prostate. » Comme s'il s'agissait d'une fatalité. Elle ne manquait jamais d'ajouter que nous les femmes, nous avions des tracas nettement plus préoccupants. Ils sont morts, tous les deux, depuis pas mal d'années. Ma mère d'un cancer du cerveau, mon père d'une phlébite. Je me demande parfois de quelle maladie mourra Ghislain. Je sais qu'il a peur de la mort. Il ne cessait d'en parler à l'époque où nous étions ensemble. J'étais plus jeune que lui, un peu moins de vingt ans, je me moquais de ses phobies. Il était atteint d'insomnie, me réveillait souvent la nuit. Sans lui en parler, je savais qu'il souffrait d'une hypertrophie de la prostate. Les mêmes symptômes que papa. Jamais il ne l'aurait avoué. Il disait j'ai trop bu ou tu devrais m'empêcher de prendre un verre après onze heures. Déjà, à soixante ans, il avait peur de tout. Je me souviens de cette fois où, au lit, il s'était mis à geindre. J'ai un point au cœur, j'ai un point au cœur! disait-il, tout blême. Nous nous étions abstenus de faire l'amour pendant un mois tellement il craignait de mettre son cœur à mal. Je m'accommodais de la situation. L'amour avec lui n'était pas une expérience mémorable. J'avais connu mieux, mais je ne me plaignais de rien. Je suis ainsi, j'aime bien baiser, mais je peux m'en passer. Il y avait aussi la drôlerie de l'affaire, cet homme plutôt élégant que la plupart des femmes du Québec imaginaient être un chaud lapin était au lit un amant plutôt médiocre. Je me gardais bien de l'humilier, il n'était pas un mauvais bougre. Vantard, d'accord, mais était-ce si grave? J'ai toujours été influençable. Il suffisait qu'il s'adresse à moi sur un certain ton pour que je fonde. Même lorsqu'il a pris l'habitude de me tromper, j'étais sous le charme.

Il m'appelle à tout moment. À nous entendre, on ne dirait jamais que nous ne vivons plus ensemble depuis une quinzaine d'années. Que me voulait-il cette fois? S'apitoyer sur son sort, gémir, pester contre l'ingratitude des metteurs en scène qu'il avait aidés à leurs débuts et qui l'ignoraient sans vergogne? Même refrain en ce qui a trait aux réalisateurs de cinéma. Sa chanson, qui tourne toujours autour de la solitude, je la connais par cœur. Il me la chante, sans tellement la modifier, deux ou trois fois par année autour d'un café. Il aurait voulu réunir une quinzaine de personnes qui ne l'auraient jamais trahi. L'occasion, un anniversaire. Pas le sien, c'était il y a trois mois. Je n'y étais pas, il entendait marquer d'une pierre le quinzième anniversaire d'un film. Son plus grand succès. Qui serait présent ? Suivait une énumération gênée. Il savait que je ne serais pas d'accord avec certains noms. Tous des gens qui ne m'ont jamais trahi, répétait-il. Un resto sympa, dit-il, il a gardé d'un séjour de travail à Paris dans les années soixante-dix quelques expressions qu'il nous sert à la volée. Il faut me comprendre, dit-il, rends-toi libre, il y a quinze ans j'avais encore un nom, j'avais même de l'avenir, alors que maintenant, tu viendras, promis ? Je n'ai pas hésité. Ça me fera une sortie. Mon mari est en or, mais il est pantouflard, je devrais le traîner. Depuis que je connais Marcel, je ne vais plus au théâtre. Il suffit qu'une ancienne camarade m'aborde dans la rue pour qu'il s'impatiente. Comme s'il craignait que je ne reprenne du service. J'ai beau lui dire qu'à mon âge une comédienne est hors du coup, il devient nerveux à la simple pensée que je puisse remonter sur scène.

La liste des invités s'est rétrécie. Cinq, nous serons cinq. De quoi parlerons-nous? Ghislain n'a plus la verve qu'il avait. Il peut demeurer silencieux pendant de longs moments. La petite Annie parviendra bien à nous dérider un peu, mais enfin. Celle-là, j'admets qu'elle est drôle, mais je ne la blaire pas tellement. D'être la fille du meilleur ami de Ghislain ne me la rend pas plus sympathique. Michel Duclos, son père, je le tolérais, lui. D'accord, il n'était pas un père très présent, mais il aurait pu lui enseigner la simplicité. Elle a des attitudes empruntées, elle joue à l'ingénue. Un peu comme si elle sortait d'un bal de fin d'année de son cégep. Elle doit avoir trente-cinq ans. De beaux seins, qu'elle exhibe parfois sans qu'on la prie de le faire, des yeux pers qui doivent rendre les hommes fous, tout cela, je veux bien, mais est-ce une raison pour nous embêter? Pour Ghislain, aucune hésitation, puisque Michel ne peut être présent, il lui faut sa fille. Tout le monde meurt autour de moi, dit-il. Maintenant qu'il ne travaille plus, il lit un peu. Dire qu'à l'époque il ne se rendait pas à la moitié du dernier Goncourt. Des quelques livres qu'il ouvre, il retient des passages qu'il nous sert à tout propos. Du moins, à moi.

Yves sera là. Comment aurait-il pu se défiler? C'est lui qui avait écrit le scénario du film qui nous réunit ce soir. Yves Joly, dont on parle beaucoup ces temps-ci à cause d'un roman que je n'ai pas lu. J'espère qu'il sera un peu en forme. Quand il est en verve, il peut être cinglant. Reste le petit Luc. Je le connais mal, celui-là. Pourquoi Ghislain tient-il tant à lui ? Il est vrai qu'il fallait quand même faire nombre. Pauvre Ghislain, lui qui était si heureux de nous réunir. Même s'il n'a pas le sou, je suis sûre qu'il aurait préféré que nous soyons une vingtaine, histoire de s'illusionner un peu. Son restaurant ne paye pas de mine. Presque bas de gamme. En plus, le temps devient maussade. Pleuvra-t-il ?

Yves

Dans mes romans, je traite souvent de solitude. On peut en déduire que je mène une existence d'ermite. Il n'en est rien. Je vis avec une femme que j'aime. À l'université, j'ai mon sérail. Les étudiants, filles et garçons, m'aiment bien. Le cours de création littéraire que je donne a une bonne cote. Probablement parce que je ne suis pas avare de mon temps. Je ne suis pas sûr du tout que la littérature que j'aime puisse s'enseigner, mais je fais comme si c'était possible. J'aime m'entourer de jeunesse.

Valéria se moque de moi quand, dans les interviews que j'accorde, je me surprends à poser au sauvage. Mais tu te répands, mon pauvre chou, tu donnes des cours, tu fais partie de jurys, de commissions spéciales, tu acceptes des invitations à des rencontres d'écrivains, à des salons du livre. Venant de ma femme, il ne s'agit pas d'un reproche, bien au contraire. Elle ne manque jamais d'ajouter qu'elle a besoin de temps pour travailler son piano. Elle aurait pu devenir une concertiste de talent, elle a préféré enseigner la musique au Conservatoire et s'exercer à la maison à déchiffrer des pièces du Padre Soler ou de Scarlatti. Maintenant qu'elle s'est retirée de l'enseignement, elle passe une bonne partie de son temps à s'occuper de son fils et de ses deux petits-enfants. Tu ne parles jamais de cet aspect de notre vie commune dans les interviews que tu donnes aux journaux, tu as raison, il faut cultiver l'ambiguïté. Il y a aussi Serge, son fils à elle, issu d'un premier mariage. De cela non plus, je ne parle pas. Parce que je n'ai rien à dire à ce sujet.

Aurais-je été capable de vivre sans Valéria? Je préfère ne pas y penser. Chaque fois que je rencontre Ghislain, il s'informe d'elle. Tu en as de la chance de vivre avec une femme aussi exceptionnelle. Je sais ce que tu vas me répondre, je ne me suis pas arrêté assez longtemps, je bougeais, j'aimais les femmes, je les tenais dans mes bras au théâtre, à la télévision et au cinéma, j'ai eu de nombreuses passades, quelques amours, mais que me reste-t-il maintenant? Des souvenirs, me diras-tu, mais à quoi me servent-ils les soirs où je m'endors devant mon poste de télévision? Je sais trop bien qu'il ne me servirait à rien de chercher à le rassurer.

Ghislain n'y croirait pas. À mon air, il doit se dire que j'estime que tout est foutu pour lui. Si je m'écoutais, je lui dirais méchamment qu'il a raison de déclarer forfait. Il te reste un peu de santé, ainsi que tu le dis en paraissant te moquer. Une santé provisoire, évidemment, à quatre-vingt-deux ans, on ne peut espérer mieux, tu ne bois pratiquement plus, tu ne fumes qu'une clope à l'occasion, mais comment s'appelle cette atrophie de l'espoir, l'impossibilité dans laquelle tu es depuis quelques années d'avoir un avenir?

Valéria estime que je devrais espacer mes rencontres avec Ghislain. Il finira par te mettre des idées tristes dans la tête, déjà que tu n'es pas la gaîté incarnée. Elle n'est pas sérieuse, je le sais, elle ne tarde pas à ajouter que je suis trop têtu pour être influencé par qui que ce soit. J'aime Valéria, il suffirait de m'approcher d'elle un instant pour que les idées noires de Ghislain s'envolent.

Comment se comportera-t-il ce soir? Ces derniers temps, il m'a paru étrange. Il n'en finit pas de me parler des dramatiques radio que j'ai écrites il y a si longtemps et dont je n'ai gardé qu'un très vague souvenir. Pour lui, c'était le bon temps. La radio payait peu, mais il n'avait pas à mémoriser des textes. La mémoire lui a toujours paru un problème majeur. Au théâtre, les dernières années, il avait de fréquents trous, il lui était alors impossible de jouer les classiques. Son triomphe, il l'avait pourtant connu dans *L'École des femmes*. Et moi, me demandait-il, avais-je de la difficulté à me souvenir de titres d'ouvrages, de noms d'auteurs ? Tu as bien soixante-six ans, déjà à ton âge je sentais que tout allait changer, que les choses commençaient à m'échapper. Évidemment, je n'avais pas ta vie rangée, je n'écrivais pas sur la vie, je la vivais.

Annie

Je n'aurais jamais dû accepter l'invitation de Ghislain. Que trouver à dire à ces vieux ? Je ferai mon petit spectacle habituel en pareilles circonstances, je jouerai des prunelles, les sourires, les clins d'œil, ça me connaît ! Le fait d'avoir été barmaid pendant trois ans ne me nuit pas. À la galerie où j'officie depuis un peu plus de cinq ans, vous croyez que je ne me sers pas de mon charme ? Mais là, dans ce restaurant chinois minable, entourée de vieilles peaux, je saurai tirer mon épingle du jeu, comme aime à dire Marie-Paule, pourquoi ? Ghislain a beau me répéter à la blague qu'il se considère comme mon tuteur, je sais bien qu'il suffirait de peu pour qu'il m'invite à prendre un verre. Ton père et moi, me dit-il, on était comme cul et chemise, il m'a fait jurer de prendre soin de toi. D'être la fille de Michel Duclos, comédien à son mieux dans Feydeau et père absent, m'a donné ce privilège d'être prise en charge à l'adolescence par un homme que le Québec tout entier tenait pour un séducteur. Oui, dès l'adolescence, car mon père n'avait pas la fibre paternelle. Ghislain, tuteur? Une plaisanterie.

Ce qui m'énerve surtout chez les hommes vieillissants, c'est leur condescendance. Ils me citent des noms, parlent de pièces et de romans que je ne connais pas, que je n'ai pas l'intention de connaître, me lancent des titres de films que je ne verrai jamais. S'il leur semble que je ne les suis pas, ils essaient de m'indiquer qu'ils ne sont pas *out*, ils affectent d'être à la pointe de ce qui se fait de plus nouveau. À ce chapitre, Ghislain est champion. Des énergumènes dans son genre, il en vient à la galerie. Ils tentent de me prouver qu'ils aiment la musique *trash*, ils prétendent suivre les excès les plus outrés de l'art moderne. S'ils savaient, les anneaux dans le nez ou dans le vagin, les tatouages un peu partout sur le corps, très peu pour moi. La fille de Michel Duclos, vous savez, aimerait bien parfois être mère au foyer. Évidemment, je n'ai pas l'air de ça. Je le vois dans le regard des hommes. Ils se disent tous qu'il ne manquerait pas grand-chose pour que je les suive au lit. À quatorze ans déjà, on me prenait pour une lolita. J'avais des seins, je savais comment remuer les fesses en marchant. Au début, j'aimais bien. Les garçons ne m'étaient pas indifférents. Puis, je me suis lassée. Un temps, je me suis habillée sobrement. C'était au moment du tournage du film qui nous réunit ce soir. Quel en était le titre, au fait ? Je n'arrive jamais à le trouver. Tellement banal, ce film, je n'ai pas cru un seul instant à l'histoire qu'il racontait. *Cette peine indéfinissable*, voilà, je l'ai. Le scénario qu'Yves avait écrit n'était pas si mauvais, terne comme lui, mais ses dialogues étaient d'une fausseté lamentable. Comment va-t-il se comporter, Yves ? Depuis qu'il est devenu une toute petite célébrité, va-t-il nous faire chier ? Reste Marie-Paule. Parce qu'elle a été pendant longtemps la compagne de Ghislain, qu'elle m'a connue enfant, elle s'imagine avoir des droits sur moi. C'est un peu à cause d'elle qu'à un peu plus de vingt ans j'ai décidé de ne porter que des tenues qui me feraient remarquer des hommes, jeans étroits, t-shirts moulants, robes décolletées. Ce soir, justement, je porterai une robe échancrée. Je ferai même tout pour me pencher, on verra que je n'ai pas de soutien-gorge. L'air qu'aura Ghislain, à la fois réprobateur et conquis. Marie-Paule, comment réagira-t-elle ? Tout est possible avec elle. Pas une conne, la Marie-Paule ! Intelligente au contraire, j'aimerais bien l'aimer, j'y parviens presque. Elle est loin, l'époque où elle trouvait inacceptable que je joue au base-ball avec les garçons. Il n'empêche qu'elle m'énerve avec ses prétentions littéraires. On jurerait qu'elle a tout lu, impossible qu'elle parle sans citer un auteur, inconnu de tous si possible. Même Yves ne la suit pas. Depuis qu'elle est mariée, elle a changé un peu. Son Marcel l'a calmée. Mais si elle apprenait que je me drogue ou que je me prostitue, elle en serait presque ravie. Je l'aurais prédit, voilà ce que serait son commentaire. Quand elle s'adresse à moi, on croirait qu'elle me voit encore comme une gamine. Une gamine un peu perverse quand même. Pourtant, sous ce rapport, c'est le désert depuis au moins cinq mois. À ce qu'il paraît, Luc sera présent. Il ne me déplaît pas, celui-là. Vit-il toujours avec Anabelle?

Je me considère vraiment libre. Ce n'est certes pas ce casse-pieds de Tommy qui me fait la cour de temps en temps à la galerie qui me retiendrait de tendre un piège au petit Luc.

Ghislain

L'idée de ce repas m'est venue il y a trois semaines.
Une jeune journaliste venait de m'interviewer au
sujet de ce qu'elle appelait le théâtre classique. Je
n'ai pas tardé à me rendre compte qu'elle incluait
dans cette appellation tout ce qui avait été écrit
avant l'année 2000. Je n'ai rien dit qui puisse la
blesser. Elle était mignonne et moins bête que les
critiques dramatiques de son journal. Elle s'adres-
sait à moi comme si j'avais pu connaître Jean Vilar
ou Louis Jouvet. Pourquoi pas Copeau tant qu'à
faire? Je n'avais pas besoin d'elle pour me rendre
compte que je suis d'une autre époque. Elle avait
dû lire que j'avais été « une figure importante du
théâtre québécois des années soixante-dix ». Peut-
être craignait-elle que je ne m'écrase à ses pieds,
victime d'une attaque. J'allais dire qu'elle est jolie,
elle est belle. À peine plus de vingt ans, les cheveux

très courts, d'un noir prononcé, le nez un peu fort, des narines palpitantes et des yeux d'une vivacité hors de l'ordinaire. J'ai quand même un peu le sens du ridicule, j'ai été prudent. Éliane Luguet, elle m'a répété son nom, n'est pas de ce genre de fille qu'on aborde facilement. Elle a refusé le verre que je lui offrais, prétextant un rendez-vous.

C'est bien chez vous, m'a-t-elle dit au bout d'un moment. Je l'ai remerciée. Elle a remarqué les statuettes que j'ai rapportées d'un voyage au Mali. C'était au premier temps de ma liaison avec Marie-Paule. Comment avions-nous abouti à Bamako? Je ne me souviens plus. Il s'en est fallu de peu que je ne lui offre la figurine qui représente un penseur ou encore un masque. Depuis quelques mois, je sens le besoin de me départir d'objets que j'ai accumulés. Mon appartement en est encombré. Il y a des jours où le passé me paralyse. De toute manière, il va falloir que je me défasse de tout un jour prochain. Elle avait raison, il n'est pas mal, mon appart. Un peu trop grand pour moi, sept pièces. Depuis que je vis seul, je ne sais plus où donner de la tête. Yves et Marie-Paule sont mes deux seuls amis. Luc, je l'aime bien, mais enfin. Les autres se sont évanouis. Au début, je m'en félicitais. Je trouvais un peu lassantes les mondanités qui jusque-là avaient été mon ordinaire. Vous, les artistes, me dit souvent Yves, vous avez besoin de cette rumeur-là. Et vous, les écrivains, de quoi vous nourrissez-vous, sinon de vos petits lancements, de vos prix ridicules, des médailles que de guerre lasse on finit par vous décerner? De belles joutes qui se terminent toujours par un verre.

Yves sort de moins en moins. Ses étudiants constituent son seul public. Il peut toujours compter sur Valéria, une femme admirable. Si le hasard m'avait mis en présence d'une perle de ce genre, aurais-je accepté de me ranger? Probablement pas. Depuis la rupture avec Marie-Paule, je n'ai plus eu que de courtes liaisons. Puis, zéro. Je n'ai jamais oublié cette pièce de boulevard dont l'action tournait autour d'un mari que sa femme traitait ouvertement d'impuissant. Le public se tordait. Avec l'âge, que suis-je devenu sinon un presque impotent? Je ne l'avoue à personne, même pas à Yves, mais je bande mou. Mon médecin prétend qu'à mon âge je ne dois pas m'en étonner. Je ne l'accepte pas. Quand Yves tente de me consoler, il me rappelle que je ne suis pas menacé d'un cancer, que mes jambes me servent toujours et que la lenteur progressive de mon esprit n'est pas encore apparente. Attends d'avoir mon âge, voilà ce que je trouve à lui répliquer, tu verras. À ces moments, il ne dit rien. Si Valéria disparaissait de son univers, comment réagirait-il?

Tu es sûr que ce petit souper te fera du bien? m'a demandé Yves. Je n'en sais rien. Au moins, pour un soir, je ne serai pas seul à me languir au milieu de ce décor que j'en suis venu à détester. Éliane, elle, paraissait éblouie. Mes petits trophées surtout la fascinaient. Si je m'en débarrassais, Mme Labrie, ma femme de ménage, n'en serait pas mécontente. Son époussetage en serait facilité. Même elle a tendance à me prendre moins au sérieux. Comment pourrait-elle être impressionnée par un homme qui passe ses journées étendu sur un sofa?

Éliane, une autre histoire. C'est évident, je l'éblouis. À peine m'avait-elle confié qu'elle avait tenu un petit rôle dans un téléfilm, que j'apprenais que le journalisme n'était pour elle qu'un pis-aller que je lui proposais de répéter avec moi des scènes tirées de *L'École des femmes*. Je ne la vois pas jouant Agnès, mais enfin…

Onze heures et demie

Marie-Paule

Quand Ghislain m'a téléphoné tout à l'heure, sa voix était presque tremblotante. J'ai eu peine à la reconnaître. Pourtant, c'était sa voix qui m'avait séduite au premier abord. J'avais tenu quelques petits rôles au théâtre, j'avais des amis dans le milieu, mais qu'est-ce qui m'avait pris d'entrer dans sa loge après la représentation d'une pièce de Marcel Aymé? Je n'aurais jamais osé, mais Sylvie qui m'accompagnait ne reculait devant rien. Tu le trouves bon, il te fascine, tu vas le lui dire. Il n'était pas seul, une comédienne dont j'ai oublié le nom l'aidait à se démaquiller. Sylvie avait pris les devants, c'est ma copine, elle vous admire, elle n'osait pas vous le dire, alors voilà. Et elle se tire illico. Ghislain joue à l'étonné, il doit pourtant avoir l'habitude de ce genre de situations, se donne un coup de serviette mouillée, se tourne vers moi.

J'ai tout de suite senti que je l'intéressais. Il y avait un bar pas très loin du théâtre. C'est ainsi que je suis entrée dans la vie de Ghislain.

Les années que nous avons passées ensemble ont été plutôt douces. À vrai dire, Ghislain ne se montrait irritable que lorsqu'il voulait être libre. J'ai mis longtemps à le comprendre. Il aurait tout donné pour être dans la vie le séducteur qu'il était à la scène. Les derniers mois, quand il était évident que nous ne pouvions plus vivre ensemble, il m'a avoué que rien ne le troublait autant que de faire l'amour avec une femme pour la première fois. Pourtant, il n'arrêtait pas de se placer dans cette situation. Toujours, me disait-il, la crainte du fiasco. Il me parlait franchement, un peu comme on s'adresse à une sœur. Je n'étais plus l'amoureuse qu'il cherchait à retenir, il ne craignait plus de me blesser. J'étais pleinement d'accord avec la décision qu'il avait prise. La séparation s'imposait. Il habitait chez moi, ses revenus n'étaient plus aussi élevés. J'avais abandonné toute velléité de devenir comédienne, j'étais relationniste, je venais de rencontrer Marcel.

À l'entendre, si peu assuré, voulant à tout prix vérifier que je serais vraiment présente à son souper anniversaire, j'ai été émue. Je retrouvais le Ghislain que j'avais aimé. Rien à voir avec Marcel qui ne fait jamais montre de ses hésitations devant la vie. En a-t-il? Marcel, c'est un roc. Ghislain a toujours eu la hantise de décevoir. Les premiers mois après notre rupture, il s'est investi dans son métier, apprenant ses rôles avec acharnement, relisant plusieurs fois les pièces dans lesquelles il tenait un rôle. Quand est arrivée une nouvelle liaison, il s'est mis à bâcler son travail, ayant recours aux vieux trucs qu'il connaissait par cœur, les ronds de jambe, les ronrons que les comédiens utilisent les soirs où les planches leur paraissent un lieu sans surprises.

Mon Ghislain, perdu, bafouillant presque au téléphone. À ces moments-là, je regrette presque de ne plus vivre avec lui. Il est demeuré un adolescent. Marcel ne l'ignore pas, Ghislain comptera toujours pour moi. Au moindre coup dur, il peut m'appeler. Je n'ai jamais dit à Marcel que je serais même prête à m'allonger au lit avec Ghislain, s'il me le demandait.

Luc

Je voudrais bien vivre avec Anabelle. Elle n'est pas
contre l'idée. Pas au point de quitter la maison de
ses parents à Outremont pour un appartement à
Laval dont nous arriverions à peine à payer le loyer.
Elle a raison. Et puis, est-ce que je l'aime assez pour
me donner tout ce tintouin? La vie de bohème, me
rappelait Ghislain au téléphone, c'est à vingt ans
qu'il faut la tenter. Elle a quel âge, ton Anabelle?
Même pas vingt-cinq ans? Et toi, quarante-deux?
Combien de temps pourra-t-elle te tolérer, elle
aura des goûts que tu n'auras plus. Vingt-cinq ans.
À cet âge-là, je vivais dans une chambre de bonne à
Paris, je ne mangeais pas tous les jours. Pauvre
Ghislain, il radote. Plus la vie lui échappe, plus il
déconne au sujet de la jeunesse. Je lui ai répliqué,
écoute, j'ai quarante-deux ans, je n'ai pas d'avenir, comment veux-tu que je ne sois pas un tout

petit peu pessimiste ? Il y a longtemps que ça ne m'amuse plus de passer d'un job à un autre. Ma bohème à moi, c'est le souci de gagner un peu de fric. Tu te souviens, j'avais même songé à écrire un roman. C'est Yves qui m'avait refroidi. Trop difficile de percer, être édité passe encore, mais en tirer une subsistance, mieux valait oublier. Ce cher Yves, ton ami, dont les livres me tombent des mains. Ce n'est pas tellement une question de générations. Il m'ennuie, ses romans m'ennuient. Moi, il me faut de la poésie, de l'imprévu. Dans le monde que propose Yves, tout est convenu.

Bientôt midi. Je n'ai plus rien dans le frigo. Une clémentine, un peu de camembert, pas le goût de me faire des pâtes. C'est mon tort, je me contente de butiner. Anabelle s'en amuse, mais pour combien de temps encore ? Ghislain n'a fait que cela toute sa vie, passer d'une occupation à une autre, d'une femme à une autre. Ça lui a réussi. Tu répètes sans arrêt, Ghislain, que ta vie est derrière toi. Tu aurais dû te préparer, vieux débris, on n'a pas tous les jours vingt ans, cette ritournelle que tu entonnes parfois quand l'alcool commence à faire son effet. Tes vingt ans, tes quarante ans, tu les as utilisés. Alors que moi, le petit Luc, comme tu m'appelais et comme tu dois m'appeler encore, je n'ai jamais eu la tentation de faire quelque chose.

Par exemple, j'ai rencontré des filles merveilleuses. Marion, que tu m'as enlevée, Sophie, Mary Ann, quelques autres qui m'ont diverti. Pas d'attachements profonds. Anabelle me dit souvent que je suis un perpétuel adolescent. Ça l'amuse.

Ce camembert est rassis. Je m'en passerai. Non, mais quel spectacle Ghislain nous offrira-t-il ce soir? Celui du triomphe comme si on lui donnait un Oscar ou celui du vieux sage dispensateur de conseils? Devant un public, si restreint soit-il, il n'avoue jamais sa détresse. Pour te trouver dans cet état, il faudrait sonner chez toi, certains soirs où tu as bu. D'après Marie-Paule, tu as rarement le cognac gai. Jamais je n'oublierai cette fois où tu m'avais ramené chez moi dans ta vieille Honda. Tu m'avais presque supplié de prendre un verre en ta compagnie. Marie-Paule allait te quitter. Même si tu avais tout fait pour que votre union en arrive là, tu étais inconsolable. Marion, qui la remplaçait dans ta vie, ne la valait pas, à ton sens. Je n'avais rien répliqué même si Marion, je l'avais aimée, moi aussi. Dès ces années-là, tu ne vivais que dans le passé. Nous avions parlé un peu de cinéma, le cinoche disais-tu, pour toi Woody Allen c'était de l'avant-garde, j'avais répliqué que pour moi c'était plutôt devenu de l'académisme. Tais-toi, jeune trou du cul, m'avais-tu assené, tu ne sais pas ce qu'est le cinéma. Toi non plus, avais-je été tenté de te répondre, tu n'as joué que dans trois films, dont deux navets. Je n'ai rien dit du genre, tellement il était hors de ses pompes. Il n'a paru revivre que lorsqu'il s'est mis à parler des femmes qu'il avait tenues dans ses bras.

Bon, moi qui pensais que le mal de dents me laissait un peu de répit. De nouveau de petits élancements. Ce fameux soir, au bar du Château Champlain, il avait fini par me dire que *Cette peine indéfinissable* n'était pas un meilleur film que les deux autres dont il avait été la vedette. Un film d'auteur, d'accord, mais raté. Peu de temps après, il m'envoyait un chèque. Pour m'aider, disait-il. Je l'ai encaissé rapidement. J'étais fauché. Déjà. J'avais pris l'habitude de me faire héberger par des connaissances. Mario, Tommy, quelques autres.

Yves

Ghislain ne comprend pas que je ne sois pas un mari exubérant. Tellement obnubilé par le charme de Valéria, il ne voit pas que pour moi le mariage a presque toujours été un carcan. Marie-Paule me rappelait, l'autre jour, l'avis de Tolstoï pour qui le couple est formé de deux êtres condamnés aux travaux forcés à perpétuité, enchaînés l'un à l'autre. Ghislain envie ce qu'il estime être mon bien-être. Il exagère l'importance de mes livres. Mon dernier roman m'a presque sorti de l'ombre dans laquelle je me réfugiais. On vient de me découvrir. Pendant combien de temps encore parlera-t-on de moi? Ghislain devrait savoir que rien de tout cela ne dure. Il n'a fallu que deux ou trois mauvaises distributions au théâtre, d'un rôle faiblard dans un téléfilm pour qu'on l'oublie.

Quand la rancœur ne l'habite pas trop, il me

dit que mon succès tardif est plus que mérité. Il me répète que j'écris bien, ce qui ne veut rien dire évidemment. Marie-Paule doit sûrement avoir à sa portée une citation à ce sujet. C'est elle qui devrait enseigner à l'université, pas moi. Après quelques mots rapides à propos de mes romans, il poursuit immanquablement avec Valéria. Ta femme est merveilleuse, une perle, mais est-ce que je me rends compte? Bien sûr. Valéria est superbe, elle a la cinquantaine triomphante, port de tête altier, corps presque juvénile, elle a fait une carrière d'enseignante remarquable, elle est entrée dans la retraite avec ce qui ressemble bien à de la sérénité. Le farniente lui convient. Pour rien au monde je ne voudrais troubler sa quiétude. Mais alors, le carcan? Je peine à l'expliquer. À me l'expliquer. Ghislain ne peut pas comprendre à quel point je suis insatisfait. Pour lui, le théâtre a été un jeu, un mode de vie, puis une carrière. J'ai l'habitude d'écrire des livres. Une bonne dizaine à ce jour. Je ne suis pourtant pas parvenu à me tenir pour un écrivain. Mes romans me sont parfois un poids, j'arrive mal à les assumer. Quand on paraît leur accorder une certaine importance, il me semble souvent que cet état de choses ne saurait durer. On s'apercevra bientôt qu'il y a dans l'entreprise même de mon écriture une fausseté, une tricherie qui sera mise au jour. À ce moment-là, comment vais-je réagir ? Vais-je imiter Ghislain, accuser le milieu, le taxer d'ingratitude ? Il ne s'est pas aperçu qu'il y avait dans son jeu une superficialité qui allait finir par l'anéantir. Mes romans feraient exception ? Je voudrais bien le croire.

Je suis tapi dans la petite pièce qui me sert de bureau, à peine assez grande pour contenir un ordinateur, une étagère sur laquelle j'ai placé des dictionnaires. Il est presque midi. Nous passerons à table. Pas tout à fait un repas, un sandwich ou un potage, un yaourt, un thé ou une tisane. Je n'ai pas cours aujourd'hui. Les jours où je suis pris à l'université, Valéria ne se donne même pas la peine de prendre une collation. Quand tu n'es pas là, je n'ai pas faim, dit-elle. Pas mauvais pour ma ligne, ajoute-t-elle en souriant. Comme si elle avait besoin de suivre un régime. C'est plutôt moi qui devrais m'y mettre. Ma sédentarité ne m'aide pas. Le jogging que pratique Valéria, très peu pour moi. Il est terminé, ce temps où, revenant de son travail, elle me racontait avec force détails le déroulement de sa journée. Il m'arrivait d'être ennuyé, je le suis si facilement, mais je revivrais volontiers ces moments de notre passé.

Elle vient d'éteindre la radio. Je me demande toujours pourquoi elle écoute le verbiage des bonimenteurs qui meublent les ondes. Quand je lui en touche un mot, elle me répond qu'elle aime parfois chasser le silence, qu'elle ne peut tout de même pas travailler son piano toute la journée. Elle parvient à jouer d'une façon qui me paraît fort acceptable de courtes pièces de Satie ou de Diabelli. Parfois, elle attaque quelques notes de blues, se met à chanter à mi-voix. Pour Ghislain, c'est là une image du bonheur. Mais que te faut-il donc? Une femme belle comme le jour, un beau-fils qui t'aime, un poste qui te permet d'écrire en toute liberté, raisonnablement rétribué. Alors que moi, je n'ai personne.

Elle t'aime, elle te connaît, elle sait par cœur tes gestes, tes répliques elle peut les terminer à ta place. Tes limites, elle s'en satisfait. Un soir que nous prenions un verre, je lui ai confié qu'il m'arrivait parfois de songer à une séparation. Non, mais tu es fou? C'était il y a six mois. Évidemment, je n'ai pas donné suite. Je dis évidemment parce que je rumine des idées de ce genre depuis au moins cinq ans. Je ne me l'explique pas, mais c'est le départ de Serge qui a tout déclenché. Le fils de Valéria était alors amoureux, je voyais tant de bonheur dans ses yeux. Mais moi, étais-je encore amoureux? J'ai dit à Ghislain que j'étouffais en compagnie de Valéria. Le premier moment d'étonnement passé, Ghislain m'a lancé : elle a quel âge, ton étudiante ? Mais pour qui me prends-tu, je suis vacciné contre les tentations de ce genre. Il y a bien quinze ans que je n'ai pas eu la moindre aventure. Tu as réussi à tromper Valéria, je ne t'en pensais pas capable.

Valéria répond au téléphone. Tant mieux, l'appel ne me concerne pas. Ma directrice littéraire finira bien par essayer de me convaincre de participer à ce colloque sur « Les limites de la fiction ». Rien à redire au sujet de Micheline, elle me traite aussi bien que les auteurs-vedettes de la maison. Elle est assez intelligente pour se rendre compte que tu leur es supérieur, estime Ghislain. Je ne suis vraiment pas sûr qu'il ait raison. Elle m'a à la bonne, c'est tout. Je me demande d'ailleurs pourquoi, il m'arrive d'être bourru, de répondre par des monosyllabes aux propos qu'elle me tient. Ton problème, me dit Ghislain, c'est que tu parviens mal à sortir de ta coquille. Tu en es venu à t'imaginer que par l'écriture seule tu peux encore être de ce monde. Ton enseignement te met pourtant en présence de jeunes personnes dont tu devines à peine les ambitions.

Avec qui Valéria peut-elle parler ? Une chose est certaine, il n'y a rien de contraignant pour elle dans cette conversation. Déjà trois fois qu'elle rit bruyamment. Elle doit parler avec Serge, à moins que ce ne soit avec Isabelle, sa compagne. Comment Valéria fait-elle pour vivre avec un éteignoir dans mon genre? Nous n'avons presque plus de relations. Ghislain n'a jamais compris que je n'aie pas en ce domaine les mêmes attentes que lui. J'ai toujours été modéré. Méfie-toi, me rappelle Ghislain, quand tu auras atteint mon âge, que tu ne pourras plus baiser avec la même aisance, tu regretteras d'avoir fait le difficile. Puis, il y a un mois, je suis devenu presque impuissant, tu te rends compte, Yves, moi le séducteur. Il oublie qu'il m'a souvent avoué ses défaillances physiques dans le passé.

Cette soirée au bar du Château Champlain, j'y pense souvent. Au quatrième scotch, il m'a dit que j'étais un pauvre imbécile et que je n'étais pas conscient que Valéria était une femme supérieure, brillante, qu'elle avait un corps superbe, qu'elle me valait mille fois, qu'il lui aurait volontiers fait la cour si elle n'avait pas été ma femme. Je me suis retenu de lui dire que Valéria trouvait qu'il avait la main baladeuse et qu'un soir il avait même tenté de l'embrasser.

La conversation est terminée. Valéria vient sûrement d'ouvrir la porte de l'armoire, j'entends le bruit de la vaisselle et des couverts. Elle ne va pas tarder à m'appeler. Encore un avant-midi perdu. Je pensais bien corriger quelques travaux d'étudiants. Je me reprendrai après le déjeuner. Non, mais cette soirée, quelle idée ! Parce que Ghislain s'ennuie, qu'il ressent le besoin de se donner de l'importance, il faudra que je perde des heures que j'aurais pu consacrer à écrire ou à ne rien faire.

Ghislain

Une fois de plus, j'ai été ridicule. Quelle idée m'a pris de téléphoner au restaurant pour confirmer ma réservation ? Le Dragon Orange est rarement très occupé en soirée. Je suis tombé sur le garçon dont je ne connais pas le prénom et qui manifestement aime bien jouer les protecteurs. Il est très poli, obséquieux même. Avec lui, très souvent, j'ai l'impression d'être dans un restaurant étoilé. À onze heure trente-trois, il était de mauvais poil, mon Chinois friand de salamalecs. Mais oui, Monsieur, votre table est réservée, pour cinq personnes, vous l'avez vérifié hier, vous ne vous souvenez pas ? Il avait raison. Où ai-je donc la tête ? J'ai perdu contenance, j'ai bafouillé, puis j'ai ajouté que la chose m'avait échappé, que j'avais trop de choses en tête. Deux fois de suite le mot *chose*. Je me suis repris même si la personne à qui je m'adressais n'avait rien à faire de ma préoccupation de correction langagière, oui, ai-je dit, j'ai de petits soucis, ma vie n'est pas simple. J'allais continuer, il m'a coupé la parole, tout juste s'il n'a pas raccroché. Non, mais quelles choses puis-je avoir en tête? Certes pas les engagements. Je n'ai pas joué depuis longtemps. Encore heureux qu'il en soit ainsi. Je serais incapable de retenir les trop longues répliques. Marie-Paule me verrait dans *Macbeth*, je la laisse dire. Elle oublie que Shakespeare ne m'a jamais porté chance. Les deux fois où je m'y suis essayé, un four. Le commentaire était toujours le même, je suis plus à mon aise dans le répertoire léger, le boulevard de préférence. Au début, j'en étais blessé, mais les rôles se succédant presque sans relâche, je ne me posais pas tellement de questions. Connaissiez-vous le trac? me demandait la petite Éliane hier. J'avais bien noté qu'elle utilisait l'imparfait, mais j'ai feint de ne pas m'en rendre compte. Non, le trac, je ne connais pas, ai-je répondu, revenant au présent comme pour retrouver mon aplomb. Je me suis dit tout de même qu'il aurait peut-être mieux valu que le doute me possède davantage, mais je me suis tu. Quand je tenais un rôle qui me convenait dans une pièce de Pinter ou de Labiche, je savais que mes répliques porteraient. Voilà que je suis revenu au présent. Pour moi, je le sais bien, tout se conjugue à l'imparfait. Ghislain, tu étais comédien, tu ne l'es plus. On t'applaudissait, les plus belles femmes du Québec rêvaient de te connaître, tout cela est terminé. Un serveur peut te traiter de haut et tu iras quand même à son restaurant.

Pour me calmer, je me suis versé un petit sancerre. Histoire de penser à Marie-Paule. Le sancerre, ce vin que nous buvions le soir où nous avons rompu. Si toutes mes histoires s'étaient terminées comme celle-là, j'aurais eu moins de maux de tête. Tous les deux, nous savions qu'une nouvelle aventure nous attendait. Elle était déjà amoureuse de Marcel, moi aussi j'étais pris. Pas autant que Marie-Paule, mais quand même. Le premier soir, Marion m'avait entraîné dans un appart à peine meublé de la rue Rachel, me présentant son chat, un matou pas du tout enchanté de ma présence. Je n'étais même pas sûr de ma prise. Cette Marion n'insistait-elle pas un peu trop lourdement pour que j'intervienne auprès du producteur qui ne cessait de me vanter le début imminent d'une superproduction à l'américaine qui n'a jamais vu le jour ? J'ai toujours été malléable, les femmes en ont parfois abusé. Surtout celle-là. Elle avait du talent comme comédienne. Dans l'amour, du brio. Je n'avais jamais connu chez une femme un tel talent pour vous faire croire que vous étiez le maître, la révélation de sa vie. À cette époque, il ne m'arrivait que rarement de connaître des ratés, mon corps m'obéissait. Je n'étais pas assez sot pour croire que j'étais au lit le partenaire rêvé qu'elle affirmait voir en moi. Très rapidement elle m'a lassé. Elle s'est vengée quelques mois plus tard, répandant des vacheries sur mon compte. Je m'en suis voulu de ne pas avoir tenté de retenir Marie-Paule un peu plus longtemps. Sa relation avec Marcel allait bon train. Ils parlaient même de se marier. Je commençais à prendre de l'âge, ma carrière battrait bientôt de l'aile. Yves me recommandait de me reposer, de prendre du recul, de ne pas tout accepter ainsi que je l'avais fait trop longtemps. Des navets au cinéma, deux seulement mais enfin, quelques contre-emplois au théâtre, je creusais ma propre tombe.

Yves ne pouvait pas comprendre ce que ressent un comédien que l'on ne sollicite presque plus, la hantise du carnet vide, la peur du téléphone muet. Tu ne connaîtras jamais rien de tout cela, lui disais-je, tu as ta retraite assurée, l'insécurité financière, tu ne sais pas ce que c'est. Yves n'était pas plus bavard en ce temps-là qu'il ne l'est maintenant. Je le connaissais trop peu encore pour lui faire des confidences. Marie-Paule me manquait. Quels sont vos projets? me demandait la petite Éliane hier. Je n'allais tout de même pas lui avouer que je n'en avais pas, que je n'en aurais jamais plus. À moins qu'un réalisateur porté sur la nostalgie ne se souvienne que j'ai déjà joué le rôle d'un vieillard décrépit dans un téléfilm. À l'époque on devait me maquiller pour cet emploi. Maintenant on n'aurait pas besoin de recourir à ces interminables préparatifs. Deux ou trois coups de houppette, un rien de crème et je serais prêt. À condition toutefois que le rôle ne comporte pas trop de répliques.

Annie

Je n'ai pas lu tous les romans d'Yves Joly. Non qu'ils
m'aient ennuyée, les deux que j'ai lus, ils m'indiffè-
rent tout simplement. J'ai bien essayé de leur trouver un certain intérêt. Au cégep, on a tenté de me
les faire aimer. Sans succès. Ghislain estime que je
suis injuste à l'endroit de son ami. En tout cas, il est
clair pour moi que ce n'est pas parce qu'il a à peu
près trente ans de plus que moi que je n'arrive pas
à le lire avec plaisir. Il n'y a pas de vie dans son univers. Qu'il soit un styliste de haut vol, comme le dit
Marie-Paule, je ne le crois pas non plus, mais je
m'adapterais au besoin. C'est simple, ses romans
sont aussi ternes que leur auteur. Papa n'hésitait
pas, Yves Joly, c'est un curé sans soutane, disait-il.
Je l'ai rencontré une bonne dizaine de fois ces dernières années. Toujours en présence de Ghislain.
Jamais je ne m'habituerai à son mutisme. J'ai

d'abord cru qu'il était timide. Mais non, il vous jauge. Tout simplement pas intéressé à sortir de sa bulle. Comment une femme, la sienne, peut-elle vivre avec lui? Réussira-t-il à quitter ce soir longtemps cette froideur évidente qui émane de lui pour peu qu'on l'aborde? En société, avec Valéria, il paraît tout aussi absent. Il me trouve plutôt jolie, me dit Ghislain. Je veux bien. C'est ce que les hommes pensent de moi en général. Et après? Ce ne sont pas les commentaires que me sert Yves qui m'impressionnent. Tu travailles dans une galerie, comment ils sont, les peintres que tu rencontres? À moins qu'il ne me serve des généralités sur les jeunes dont, à l'entendre, je fais partie. Jeune, à trente-cinq ans, je ne le suis que pour quelques années encore. D'accord, j'ai plutôt un beau cul, mais je sais bien qu'avec sa petite renommée il peut aguicher encore pour quelques années des nénettes plus jeunes que moi. Qu'il ne perde pas son temps, je ne suis pas intéressée. Ses livres reflètent ce qu'il est, un être impénétrable, froid à tout jamais. Ghislain croit que je me trompe, qu'il faudrait que je le connaisse un peu mieux. Il serait timide à faire peur, pratiquant la réserve en tout temps. Si on persistait un peu, on découvrirait un homme blessé, prêt à toutes les concessions pour communiquer ses secrets. Mais, Ghislain, je n'ai pas la moindre intention de tenter de franchir ce mur-là. Qu'il reste avec ses petits romans, ses aveux murmurés, ses mystères à peine suggérés. Je n'ai aucun désir d'aller au-delà.

Tout ce que je souhaite, c'est de ne pas l'avoir en face de moi à table. En tout cas, je ferai tout pour que Luc soit à mes côtés. Je l'ai entrevu il y a cinq ou six mois à l'occasion d'une petite fête organisée lors d'un vernissage. Pas dans ma galerie, le patron n'aime pas tellement les mondanités. Il ne m'a pas saluée, le petit Luc, trop intentionné auprès d'une grande bringue dont on m'a dit qu'elle se pré-nommait Anabelle. Avec un seul *n*, ajoute-t-il quand il la présente. Un couple comme je les aime, elle joviale, pas du tout incertaine du pouvoir qu'elle exerce sur l'homme qu'elle accompagne, lui enjoué, cherchant par tous les moyens à lui être agréable. Je ne détesterais pas qu'ils aient rompu, mais je ne le souhaite pas. Auquel cas, je tenterais de me le faire, le petit Luc. Je n'ai personne depuis trop longtemps. Je suis en manque, comme disait parfois Ghislain. Je vis mal quand il n'y a pas dans mon appartement une trace d'homme, une pièce de vêtement, un rasoir. Il y a des jours où je me sens très seule. Les bras de Luc autour de mon cou, son odeur, j'aimerais bien. Enfin, il me faut une raison pour me motiver. Sans lui, qu'est-ce que je ferai à ce souper? Je verrai rapidement si je lui suis ou non indifférente. Quand les hommes se tournent vers moi, il y a chez certains d'entre eux une gêne qui ne trompe pas. J'aime les hommes et ne m'en cache pas. Tu les idéalises, prétend ma mère. Je réponds que ce n'est pas parce que papa était un mauvais numéro et qu'il lui a rendu la vie impossible qu'elle a raison. Dans les romans d'Yves, on ne sent pas cette fièvre, ce bouleversement de l'amour. Qu'il écrive une prose impeccable m'indiffère. Pour commencer, je lis peu. Je préfère bouger, danser, nager, faire du ski.

Bon, assez tergiversé. Je dois être à la galerie à une heure. Il y a aussi ces courriels auxquels je dois répondre. Un peintre martiniquais m'a demandé de rédiger des notes biographiques à son sujet pour un album. Si au moins j'étais sûre d'être payée. Allez, Annie, Inch'Allah, magne-toi le cul, la vie artistique te réclame!

Treize heures

Luc

Quand Ghislain veut me taquiner, il me rappelle
que j'ai déjà été employé dans un club de danseuses nues. Je devais avoir vingt-cinq ans. On me
demandait d'interpeller discrètement les passants.
Mêlant l'anglais que je baragouinais et le français,
je faisais de mon mieux. À vrai dire, j'avais bien un
peu honte. Si je n'avais pas été si timoré, je me
serais lié avec quelques-unes des filles qui se tré-
moussaient sur une piste au son d'une musique
que l'on voulait sensuelle. Quand trois ou quatre
d'entre elles venaient en griller une à côté de moi,
j'osais à peine les regarder. Au bout d'une semaine,
une petite rousse, elle s'appelait Peggy, a entrepris
de me déniaiser. Tu as peur de me parler ou quoi?
m'avait-elle demandé en remontant le col de sa
veste en tissu synthétique. On était en novembre, il
allait neiger. Tu m'as vue danser? J'ai répondu

qu'on m'engageait pour que je reste à l'extérieur. Les filles, ça ne t'intéresse pas? J'aurais pu me taire ou me contenter de sourire, j'ai plutôt dit que je savais que pour les approcher il fallait payer et que je n'avais pas le sou. Même pas dix dollars? Pourquoi penses-tu, Peggy, que je fais ce travail à la con? J'ai un loyer à payer. Elle n'a pas insisté, m'a même tourné le dos. À peine dix minutes plus tard, elle suivait un client. Il y avait un hôtel tout près. Je me disais que je me servirais de ce fait pour le roman que j'écrirais un jour. Je ne me voyais pas rester longtemps dans ce milieu. Au bout de deux semaines, on m'a remercié. Je n'étais pas assez convaincant. Et puis, ma coloc de ce temps-là, Danielle, rien de sérieux entre nous, estimait que ce boulot était dégradant, que je contribuais à l'asservissement de la femme. Tous les défauts, je les avais. J'ai perdu mon job et j'avais déjà perdu l'estime de ma coloc.

Chaque fois que je passe devant cette boîte dont les néons clignotants proclament qu'on y trouve les danseuses les plus sexy en ville, je me dis que je n'ai pas fait tellement de progrès. Je n'invite plus les passants à courir la gueuse, mais je tourne toujours en rond. J'ai quarante-deux ans, je ne fais pas d'embonpoint, ce qui a suggéré à Ghislain de me conseiller de devenir danseur nu. Bien sûr, il plaisantait. Toutefois je sais qu'au fond il me sait condamné aux jobs de fortune. Il ne comprend pas que je ne sois pas ému outre mesure par sa mise au rancart. Au moins, tu as eu une carrière, tu as une réputation, alors que moi, le petit Luc, je n'ai rien accompli. Mais toi, réplique-t-il, tu ne sais pas ce que c'est que la décrépitude. Une drôle de conversation téléphonique. Ghislain n'a pas perdu l'habitude de faire des effets de voix, de rire très fort trop près du récepteur, de citer tout à coup Baudelaire ou Victor Hugo en remplaçant par ses propres mots ceux qu'il a oubliés.

Rue Saint-Denis tout à l'heure, je me suis arrêté près d'un théâtre. Il y a à peine trois ou quatre ans se trouvait là une librairie de soldes où j'avais été quelque temps commis. Danielle était ravie, elle estimait que la fréquentation des livres était moins avilissante que celle des filles nues. Si elle avait su que lorsque le client se faisait rare, nous nous amusions, une collègue et moi, à nous caresser, elle aurait été moins enthousiaste. Là encore, j'ai été renvoyé. La collègue qui ne détestait pas que je promène ma langue dans sa bouche a prétendu que je ne surveillais pas suffisamment les voleurs à l'étalage. Elle ne s'était donc pas aperçue que les bouquins, c'est moi qui les chipais. Raisonnablement quand même. Mais enfin, j'avais besoin de revenus supplémentaires, et comme on peut toujours tirer quelques sous d'un album pas trop moche, je n'hésitais pas. Je m'étais mis dans la tête de suivre des cours de diction d'un metteur en scène, ami de Ghislain. Selon lui, un cancre, mais un cancre qui savait articuler. Au bout de trois leçons, Ghislain m'avait dit au téléphone que je perdais mon temps. Plus aucun comédien n'articulait. Je me voyais dans une pièce de Racine ou de Marivaux? Je ferais mieux d'apprendre à jouer à l'américaine, l'Actors Studio, je connaissais?

Ce genre de préoccupations, je ne l'ai plus. Puisqu'il est évident que je ne suivrai jamais les traces de Ghislain, d'ailleurs ça veut dire quoi, suivre les traces de quelqu'un? Je crois que je me suis fait une raison, la réussite dans la vie n'est pas mon affaire. Ma mère me l'a-t-elle assez répété, je n'arriverai jamais à rien, je manque de détermination. Elle me compare à mon frère, un bourreau de travail, ainsi qu'il se décrit, un cinglé qui a sacrifié huit ans de sa vie à étudier pour devenir, je ne sais plus quoi, comptable agréé, je pense. À peine cinquante ans, complètement usé. J'ai toujours eu horreur des besogneux. C'est un peu pour cela qu'en cet après-midi d'avril je me promène sans but rue Saint-Denis. Tout à l'heure, je m'arrêterai à une terrasse. À moins d'une malchance, quelqu'un finira par me payer un verre. J'ai tellement vadrouillé dans le secteur. Des conversations improvisées qui ne riment à rien, mais j'aime bien. Le temps passera aisément jusqu'à l'heure de notre petit souper. Pourvu que je me souvienne que je n'ai plus qu'une dizaine de dollars en poche. La prudence est donc de mise, un café, rien de plus. Une bière, je ne dirais pas non, pourvu qu'on me l'offre. Aïe! un élancement, puis un autre, je croyais pourtant connaître un certain répit. Je déteste les dentistes, tous les dentistes, mais pourrai-je continuer encore longtemps à les ignorer?

Yves

Valéria vient de refermer la porte. Son jogging quotidien. Il fut un temps où je l'accompagnais. Elle n'a rien dit quand je lui ai annoncé que j'en avais terminé avec la course à pied. Il y a quelques années, quatre ou cinq, nous jouions plutôt au tennis. C'est elle qui a demandé grâce. À son dire, mes smashes étaient trop violents. Elle avait raison. Je suis costaud, elle est plutôt frêle. Petit à petit, je m'en rends compte, s'est installée une certaine distance entre nous. Rien de très préoccupant, mais n'empêche. L'a-t-elle notée, cette légère indifférence qui teinte nos rapports? Oui, certes, Valéria est trop intelligente, trop sensible aux plus infimes détails de la vie, pour ne pas s'être aperçue qu'il nous arrive de plus en plus souvent de faire route à part. En parle-t-elle à sa sœur? Sabine est sa plus fidèle confidente. Elles peuvent converser des heures au téléphone. Ma belle-sœur, je ne la vois qu'avec grand plaisir. Valéria et Sabine, deux femmes aussi dissemblables que complices. Autant ma femme est secrète, autant sa jumelle est expansive. Tu ne vivrais pas cinq minutes avec elle, me dit Valéria. Justement, je ne vis pas avec elle, c'est la réponse que je lui sers chaque fois. Selon Valéria, elle ne supporterait pas mon côté taciturne, mes sautes d'humeur, mon besoin de solitude. Tu en conviendras, mon pauvre amour, vivant avec elle, tu aurais une vie sociale remplie, tu devrais sortir plus souvent, te rendre au théâtre, voir des gens, aller à la mer deux semaines en hiver et quatre en été, promener le chien, l'accompagner aux réceptions officielles qu'elle ne rate jamais à titre de membre de différentes associations politiques ou caritatives. Tu te vois, mon trésor, serrer la main à des ministres, faire joujou avec leurs bonnes femmes?

Une fois de plus, Valéria a raison. Sabine, d'accord, mais à petites doses. À quoi Valéria pense-t-elle quand elle court dans le parc qui jouxte notre cottage? C'est elle qui a voulu que nous habitions Outremont. Je vivrais n'importe où, elle non. J'ai accédé à son désir sans la moindre hésitation. C'était il y a dix ans, j'étais encore amoureux d'elle. Je n'avais pas encore commencé à ressentir une certaine lassitude à propos de notre couple. Une lassitude qui ne tarde jamais à faire long feu. Tout à l'heure, pourtant, lorsque Valéria a souri en évoquant un bon mot de Serge, elle m'a ému au-delà de tout. Elle idolâtre son fils, il l'émerveille. Tu lui en veux d'avoir moins souvent à ton égard de pareilles attitudes, me dit parfois Ghislain, tu n'acceptes pas que Valéria soit devenue une mère plus qu'une compagne.

Ce n'est pas la première fois que Ghislain me la sert, celle-là. Moi, jaloux de Serge, il dit n'importe quoi, le Ghislain. Beau-père parfois indifférent, mari distrait, je n'en disconviens pas. De toute manière, Valéria ne m'a jamais fait défaut. Comment peut-il dire des choses pareilles alors qu'il n'a pas été très présent auprès de Lucie, la fille que lui a donnée Marjolaine ? On ne peut pas dire qu'il les a gâtées, la mère vite répudiée, la fille qu'il a cessé de voir vers sa sixième année. Des choses dont il ne parle à peu près jamais. Marie-Paule sait une partie de la vérité. Si Ghislain s'est confié à moi, il y a trois ou quatre ans, c'est qu'il avait bu à s'en rendre malade et qu'il venait d'apprendre la mort d'un réalisateur de télévision sur lequel il comptait pour un retour au petit écran.

J'ai dit à Valéria que je corrigerais des copies d'examen, mais je n'en ai vraiment pas le goût. Je ferais bien plutôt un roupillon, mais Valéria s'en apercevrait, et ça, je ne veux pas. Ces temps-ci elle trouve que je me néglige, que je perds mon temps, que je fais un peu de brioche. Si elle savait à quel point tout effort, intellectuel ou autre, m'est pénible. Quand elle m'adresse des reproches de ce genre, je l'écoute sans broncher. Parfois, je lui dis qu'elle exagère, mais elle a raison. Tu t'encroûtes, me dit un collègue qui enseigne le roman américain, si tu tombais amoureux, tu bougerais davantage. Steve admire Philip Roth, multiplie les liaisons. Trop compliqué pour moi. Une passade, croit-il, me changerait les idées. Il y a combien de temps que tu n'as pas raconté ton enfance à une femme qui te dévore des yeux ? Apprendre de nouvelles postures, entendre des cris de jouissance qui te paraîtront inédits et qui te feront croire que tu es un amant hors pair, ça ne te tente pas ? Non, Steve, pas pour l'instant.

Sans Valéria, je ne vivrais pas. Au fond, j'aime notre bonheur tranquille ou ce qui en tient lieu. Je vis dans la présence et dans les petites absences de Valéria. Quand on me demande pourquoi dans mes romans les couples sont si fragiles, je ne sais dire que des énormités, que le bonheur n'est pas pour moi une évidence, qu'il n'est pas en tout cas une source d'inspiration, que je suis plutôt porté à décrire le désarroi, la solitude. À n'en pas douter, le public que je rencontre parfois dans des bibliothèques ou des universités doit me trouver bien étrange. Si mes lecteurs savaient que Valéria est ma femme, ils comprendraient encore moins. Selon Ghislain, je devrais être un chantre de l'amour conjugal. Me l'a-t-il assez répété?

Allez, Yves, les corrections! À cause de ce souper, la soirée est perdue. Il ne me reste que quatre heures pour venir à bout d'une bonne vingtaine de copies. Si au moins le thème m'intéressait. Qu'est-ce qui m'a pris d'accepter la suggestion de la petite Samantha, elle fait dans l'engagement social, celle-là, mais la pollution urbaine, quel sujet! Qu'est-ce que mes chers étudiants pourront bien inventer sur cette préoccupation qui relève davantage de l'écologie que de la littérature? Comme d'habitude, trois ou quatre travaux sortiront du lot.

Mais pourquoi diable t'es-tu dirigé vers les cours de création littéraire? s'étonne parfois Valéria. Elle estime que je manque de générosité, qu'au lieu de susciter des talents, de chercher à développer des aspirations, je joue le rôle d'un rabat-joie. À Samantha, par exemple, je reproche ses phrases trop courtes, sans verbes ni ponctuation. À mon bureau, l'autre jour, elle a fondu en larmes. Aucune pose dans son attitude. Elle était désemparée. Steve n'aurait pas tardé à l'inviter à prendre un café. Après trente années d'enseignement, on ne me la fait plus. Elle écrira, Samantha, elle en a le désir. J'en suis sûr. Mais alors, toi qui n'as rien écrit depuis au moins six mois, tu n'en sentirais pas le besoin? Reviendra-t-il, ce désir qui t'a accompagné pendant si longtemps? Comme ton couple, comme ta vie, ton écriture est en panne. Tu sais par expérience qu'il suffira d'un rien pour que tu te lances dans un nouveau roman. Écrire une histoire qui aurait le petit souper de Ghislain comme point de départ? Peut-être.

Marie-Paule

Ce n'est pas d'hier que Ghislain m'inquiète.
Avec lui, et aucun autre, je me le répète souvent,
j'aurai tout connu, les grandes joies, les cha-
grins profonds. Depuis trois ou quatre ans, je ne
sors jamais tout à fait indemne de nos rencontres.
Avec qui parlais-tu au téléphone ? me demande
parfois Marcel quand il s'aperçoit que la conversation dure un peu. Que nous ayons déjà été
amants, Ghislain et moi, ne dérange pas mon
mari. À peine en aurait-il assez de me voir pré-
occupée du bien-être d'un homme qui ne lui
semble pas mériter tant d'attention. Tu ne trouves
pas qu'il a l'âge de se débrouiller tout seul ? dit-
il. Je lui réponds que justement tout le problème
est là. Ghislain est trop vieux, Ghislain a trop
conscience d'être vieux. J'ajoute qu'il y a des
gens qui accueillent la suite des années avec une

presque bienveillance. Ce n'est tout simplement pas le cas de Ghislain. Je me souviens que le jour où il a eu soixante ans, il a prétendu que c'était pour lui une bonne chose, il aurait des rôles plus étoffés, on ne lui confierait plus des emplois de bellâtre. Il insistait tellement que je ne l'ai pas cru. Nous vivions ensemble depuis si longtemps, il ne me surprenait plus. Les années se sont accumulées. Ghislain, c'est mon frère. Je viens de dire à Marcel au téléphone que si Ghislain nous réunit, c'est qu'il a une annonce à nous faire. Laquelle, je l'ignore. J'ai bien tenté de lui tirer les vers du nez, peine perdue. Il nous dira peut-être qu'il veut se retirer en Gaspésie ou qu'on vient de lui offrir un contrat. À moins qu'il ne s'agisse d'une nouvelle liaison. Six ans à vivre seul, ça ne lui est jamais arrivé. Yves m'a dit qu'on l'a vu lors d'un lancement au bras d'une ancienne chroniqueuse de télévision. Je ne l'ai pas cru, Ghislain ne supporte pas les vieilles. Pourtant, fait Yves, il la regardait de façon insistante, il lui aurait même enserré la taille. Encore une fois, tout cela m'étonne. Ghislain serait plutôt du genre à s'amouracher d'une petite rouquine. Non, mais tu rêves, dirait Marcel, il a la peau toute parcheminée, il s'asperge d'une eau de toilette de qualité très moyenne et puis surtout il est prodigieusement ennuyeux. À part toi, qui peut supporter ce cabot ridicule ?

L'intransigeance de Marcel m'énerve parfois. Il ne s'aperçoit pas, le très cher, que le temps a commencé à nous marquer, tous les deux ? Il y a belle lurette — expression dont raffole Ghislain — que le miroir me le révèle. Il y a les ridules évidemment, mais aussi cette lueur que je ne remarque plus dans les yeux des hommes à qui je m'adresse. Toute difficile à admettre qu'elle est, je ne veux pas me cacher la vérité. On ne cherche plus à me draguer depuis cinq ou six ans. Marcel n'est pas toujours très présent. La plupart du temps, c'est moi qui m'approche de lui, qui le bécote. Comme moi, il pourrait aisément ne pas avoir de relations pendant un mois ou deux. Il aurait une petite amie qu'il ne se comporterait pas autrement. Mais ce n'est pas le cas. Il passe toutes ses soirées à la maison, sa secrétaire est une énorme bonne femme, lesbienne de surcroît. J'ai épousé un homme qui n'aime pas les bouleversements, qui ne changerait pour rien au monde ses habitudes. La belle assurance que j'ai. Finir mes jours avec un conjoint qui ne me surprend pas, qui ne m'amuse pas, mais qui ne me cause pas de soucis. Il est vrai qu'avec Ghislain, sous ce rapport, j'ai été gâtée. Soyons honnête, j'étais plus jeune alors, je n'ai pas tellement souffert de ses fariboles. Il me suffisait d'être lucide pour deux. Quand il extravaguait, je le ramenais à la raison. Il m'a longtemps obéi, me remerciant même parfois de l'avoir retenu de commettre une bêtise. Ses passades, toutefois, je les supportais de plus en plus mal. Je sais maintenant pourquoi. Je m'étais mise à douter de moi. Je plaisais moins. J'en étais devenue presque hargneuse, ce qui n'échappait pas à Ghislain. Nos querelles s'étaient faites plus fréquentes.

Comment vais-je me comporter ce soir devant un homme qui m'émeut, qui me rappelle des moments de ma vie qui n'ont été que rarement désagréables? C'est tout simple, avec Ghislain, j'ai été une amoureuse. Il m'a fait croire à l'inimaginable. Il m'arrivait de le trouver puéril, d'une naïveté proche de la sottise et d'être prête en même temps à lui pardonner les pires énormités, prête aussi à le suivre n'importe où. Il est évident que Marcel n'a jamais suscité en moi le quart d'un pareil envoûtement.

Un jour qu'il était de mauvais poil, Yves m'a dit que Marcel n'a été pour moi qu'une occasion de me caser. Je lui ai répondu qu'il avait tout faux, que j'aurais très bien pu vivre seule. Avant d'accepter la proposition de Marcel, n'avais-je pas habité un petit studio rue McGill? J'avais un siamois, j'étais abonnée à l'Orchestre symphonique, je me contentais de voir Marcel deux ou trois fois par semaine. S'il n'avait pas tant insisté, j'aurais vécu en célibataire. Au petit-déjeuner, justement, Marcel s'est moqué un peu. C'est pour Ghislain que tu es allée chez le coiffeur? Dis-lui, la prochaine fois, d'y aller mollo pour ce qui est de la teinture. Mais, j'y pense, de quoi se mêlait-il, celui-là? Il voudrait que je laisse mes cheveux devenir gris cendré comme ceux de sa secrétaire peut-être? J'ai bien fait de ne rien répondre, de toute façon, il s'était mis à lire les pages économiques du *Globe and Mail*.

Annie

Je n'ai rien mangé à midi. Chaque fois que je saute un repas, il me semble que ma mère va me prendre à partie. Pauvre maman, il fallait bien qu'elle soit doublement présente. Car papa, lui, ne faisait pas beaucoup de cas de mon équilibre alimentaire. Il m'aurait volontiers gavée de chips et de bonbons pour avoir la paix. Maintenant que je n'ai personne pour me rappeler ce qu'il faut faire ou ne pas faire, c'est la pagaille. J'ai pris deux kilos depuis six mois. Rien d'alarmant pour mon médecin, mais n'empêche. J'étais donc dans ma cuisine tout à l'heure à prendre une tisane à la menthe, une nouvelle manie les tisanes, ça ne goûte rien et ça m'évite d'avoir faim. L'envie m'a prise de ne pas répondre. Mais si c'était Ghislain qui m'apprenait que le souper était annulé? Ma faute, je n'ai pas d'afficheur. C'était Nickie. Des mois que je n'avais pas eu de nouvelles d'elle. Quoi de neuf? Elle m'apprend qu'elle est enceinte, qu'elle est amoureuse d'un homme avec qui elle ne souhaite pas vivre. Vraiment? Je te jure, il est beau gars, notre enfant sera beau, mais vivre avec lui, pas question. Quand j'apprends des nouvelles de ce genre, je me dis que toutes mes amies ont des bébés ou en auront. Il n'y a que moi pour qui rien ne se passe. Et je deviens triste. Là, curieusement, je me suis sentie heureuse pour elle. Nickie, je l'aime bien. J'ai posé les questions d'usage, depuis combien de temps, avait-elle des nausées, un garçon ou une fille? Enfin une bonne femme qui n'en avait pas contre les hommes. C'est fou le nombre de filles de mon âge pour qui les gars sont à fuir. Pas Nickie. Si elle ne veut pas vivre avec Martin, c'est tout bonnement parce qu'elle ne se voit pas expliquer ses faits et gestes à quelqu'un, se justifier. Pendant une dizaine de minutes, elle m'a décrit son amoureux, grand, presque chauve, elle adore l'embrasser sur la tête, parfois elle a l'impression de tenir un ballon de foot. Tu n'as jamais connu ça? *Too much* comme sensation. Elle s'est mise à rire puis, tout à coup, si tu savais comme il me fait bien l'amour. D'une façon. Elle cherche ses mots. Je l'aide. Comme un dieu. Elle acquiesce. Vraiment comme un dieu. Jamais rien ressenti de pareil. Et doux avec ça, plein de prévenances. Il a cinquante ans. Ma fille, je vis un rêve. Et toi, Annie ? Je dois lui avouer que je suis loin du compte. Aucun garçon à l'horizon. Ceux qui me plaisent vivent en couple. On dirait que rien ne marchera jamais pour moi. Nickie me dit de ne pas désespérer. Avant de rencontrer Martin, elle avait été abstinente pendant un an. Un record pour elle.

Je commençais à en avoir assez du récit de sa félicité. Et puis le temps avançait. Si je me pointe à la galerie après deux heures, c'est mauvais. Il suffit qu'un client en fasse la remarque au patron. Il est absent, le patron, mais à son retour, si on lui disait que sa galerie n'est pas toujours accessible à des heures commodes, si on se plaignait, avec les clients sait-on jamais. Je voudrais bien aller avec elle au cinéma ? Un film turc ou iranien, je ne sais plus. Je lui parle du souper de Ghislain. Tu le vois encore, celui-là ? Il y avait dans le ton de sa voix une agressivité étonnante. Mais oui, un copain de mon père, mon parrain. Est-ce que je savais qu'il avait eu une fille, qu'il ne s'en était jamais occupé et qu'elle vivait misérablement dans un deux-pièces à Verdun ? Mais non, je l'ignorais. Comment savait-elle ? Facile, la fille vient au gym aux mêmes heures que moi. Nous avons fini par fraterniser. Elle m'a tout raconté. Pas tout de suite. Je n'ai jamais rencontré une fille aussi inhibée. Coincée comme ce n'est pas possible. À peine si elle me répondait. Tu me connais, je n'ai pas la langue dans ma poche. Je sentais que cette pauvre fille avait besoin de parler. C'est elle qui m'a proposé de prendre un café. Et là, tout d'un coup, elle se met à me dire qu'elle vit seule, qu'elle fuit les hommes. Sur un ton qui me fait croire rapidement qu'elle voudrait en avoir un auprès d'elle. Sa mère, une actrice dont elle n'a pas voulu me dire le nom, morte depuis longtemps et qui avait eu une brève liaison avec ton Ghislain Lemire.

Je proteste. Il n'est pas mon Ghislain Lemire. À peine un ami de mon père. Non, mais laisse-moi parler, dit Nickie. Quand sa mère est tombée enceinte, Ghislain Lemire a déguerpi, prétendant que rien ne prouvait qu'il était le père. Pas d'ADN à l'époque. Pendant des mois, elle n'avait cessé de poursuivre Lemire, l'attendant à la sortie des studios, son ventre devenant de plus en plus proéminent. La suite de la vie de Lucie, tu la devines, les familles d'accueil, pas toujours accueillantes, les petites fugues, les paniques répétées. Sa mère est morte, son prénom me revient, Marjolaine, c'est ça, Marjolaine, elle a fini ses jours en institution, il y a une quinzaine d'années. Quand Lucie a su l'identité de son père, je ne sais pas comment, elle n'a même pas songé à le haïr. Ça ne te dégoûte pas, toi?

Il faut vraiment que je parte. Nickie est déçue, elle aurait bien aimé aller au cinéma avec moi. À ma place, elle dirait son fait à Ghislain. Ce soir même. En présence des autres invités de préférence. Quel sale type! Abandonner une femme qu'il a engrossée, ne pas s'occuper de son enfant, faire comme s'il n'avait pas promené son petit robinet dans son ventre, dégueulasse! Et c'est ce dégoûtant personnage que tu vas rencontrer ce soir, avec qui tu vas rire, faire des grâces? Je te rappelle qu'à l'époque il était au sommet de sa carrière, que ses cachets lui auraient permis au moins d'apporter une aide matérielle à Marjolaine et à Lucie.

Ghislain

Il m'arrive parfois de songer à ce jour d'avril 1988 où pour la première fois on m'a demandé de passer une audition pour un film à budget plutôt moyen. Le cinéma, je n'en avais tâté que fort modestement. Mon domaine, c'était le théâtre ou la télévision. Me soumettre à un test alors qu'approchant la soixantaine j'avais une feuille de route imposante ? J'ai commencé par en être outré, puis quelqu'un, probablement Marie-Paule, m'a dit que je savais que c'était de plus en plus la norme dans le milieu et que je devais me plier à la règle. Par entêtement, j'ai refusé. Il y aurait bien quelques petits contrats pour lesquels on ne me forcerait pas à me soumettre à des exigences que je tenais pour humiliantes. Or, le film a eu du succès. Presque un triomphe. C'est à partir de ce moment-là que ma cote n'a plus tout

à fait été la même. Je venais d'acquérir une réputation de mauvais coucheur.

À peu près à la même époque, Yves devenait
un auteur dont on parlait. Un de ses romans, pas
son meilleur d'après Marie-Paule, *Les Heures diffi-
ciles,* devenait un livre qu'il fallait lire de toute
urgence. Je me suis félicité de son succès. Je n'ai pas
la même générosité quand il s'agit de mes
confrères. Il me semble que les honneurs que l'on
décerne à l'envi dans notre profession auraient dû
me revenir plus souvent. Je ne le confesse à personne, même pas à Marie-Paule, mais il m'arrive
de me comporter comme un monstre d'orgueil.

Éliane est d'avis que mon appartement est un
véritable musée. Elle s'est extasiée devant mes trophées. Il me semble pourtant que je n'ai pas tellement été gâté sous ce rapport. De la voir ainsi,
prête à l'admiration presque béate, m'émeut plus
que de raison. Il n'est pas mal, mon appartement.
Un musée du théâtre québécois, prétend la petite.
J'estimerais plutôt qu'il s'agit d'un champ de
bataille. Des trophées, des photos, des babioles en
tous genres, qu'ils aient ou non un lien avec mes
activités professionnelles, en voulez-vous, en voilà !
Je ne savais pas que viendrait un jour où ces souvenirs me hanteraient. Si je m'écoutais, je les enfoui-
rais dans des sacs poubelles pour qu'ils disparais-

sent de ma vue. Je dis parfois à Marie-Paule que notre voyage à Florence, à l'automne de 1992, était-ce bien cette année-là, compte parmi les plus beaux de mes souvenirs. Elle semble être d'accord. Je la revois, elle était superbe, un corps qu'elle n'a plus tout à fait, un sourire qui me rendait fou. Comment expliquer que de ce voyage qui m'a comblé à ce point je n'aie rien rapporté ?

Je ne le saurai jamais. Je sais toutefois que je me languis dans cet appartement ridicule. Encore quelques heures avant cette petite réunion dont je ne devrais rien attendre, mais dans laquelle j'ai mis un peu d'espoir. Quatre invités, seulement quatre. Même pas tous des amis au sens strict. Pour la plupart des gens, je suis déjà mort. Au début, je rêvais, j'avais songé à une quinzaine de convives. Mais où les trouver ? On m'a répondu qu'on n'était pas libre, qu'on ne sortait plus, toutes les raisons étaient bonnes pour se désister. Il faut que je me rende à l'évidence, je ne présente plus d'intérêt. Mon domaine est celui du passé. D'ailleurs, quand on évoque ma « fabuleuse » carrière, on ne se réfère qu'à des rôles que j'ai tenus il y a plusieurs années. Éliane me parle volontiers des Feydeau dans lesquels je tenais la vedette. Il est impossible qu'elle les ait vus. Trop jeune. Je connais des tas de confrères qui se satisfont de succès passés. Pas moi.

Je n'étais pourtant pas si mal dans *Rhinocéros*. Il s'est trouvé des critiques pour dire que j'avais perdu mon temps en interprétant des pièces de boulevard pendant tant d'années. Tu n'acceptes pas de vieillir, ne cesse de me répéter Yves. La plupart du temps, je me contente de sourire. Qu'il attende d'avoir dépassé les soixante-dix ans, on en reparlera. Enfin, si je ne suis pas encore mort. On me fuit, mais j'existe. Et puis, qu'aurais-je trouvé à dire à quinze invités ? Sans compter que l'addition aurait été salée. Je sens de plus en plus que l'âge m'a rejoint. D'avoir oublié que j'avais déjà confirmé ma réservation au restaurant est un signe que la sénilité me guette. Il m'arrive de plus en plus souvent de me dire que je devrais quitter cet appartement devenu hors de prix pour moi. Ailleurs, je me donnerais peut-être l'impression de recommencer ma vie. Je me débarrasserais de tous ces objets qui me ramènent au passé, mes petits trophées, mes photos, mes livres que pour la plupart je n'ai même pas ouverts. Mais oui, fais-toi un nouveau nid, me dit Marie-Paule. Nid, un mot que je déteste. Il pue le confort, la vie protégée. Je sais que je devrais me résigner, car tout m'échappe. Il y a dix minutes, le concierge est venu frapper à ma porte. Il voulait savoir si j'avais à me plaindre du chauffage. Ai-je l'air si frileux ? Il doit s'imaginer qu'à mon âge, en plein mois d'avril, on grelotte aisément. Dans quelques mois, il viendra peut-être me proposer de mettre un bavoir avant d'attaquer un potage. Je viens d'entrer dans la vieillesse et déjà je n'en peux plus. Je n'ai qu'à constater que le léger tremblement de mes doigts s'accentue si je manque de sommeil pour m'inquiéter. Dans les transports publics, il n'est pas rare qu'on me cède la place. Si, au moins, c'était parce qu'on me reconnaissait. On dirait que les jeunes femmes prennent plaisir à m'humilier. Toi qui as toujours déploré le manque de civilité des gens, tu devrais t'en réjouir, me dit parfois Marie-Paule. Mais non, je ne me réjouis pas. Je souhaiterais revenir à ce temps de mon adolescence où je faisais tout dans les autobus pour frôler le corps des femmes. Quand j'ai raconté la chose à Marie-Paule, elle s'est montrée surprise. Comme si j'avouais un geste contre nature. Mais non, Marie-Paule, j'avais tout simplement besoin de la chaleur de leur corps.

Et si je faisais une petite sieste ? Je n'ai plus tellement l'habitude de sortir le soir. J'aurais dû insister pour un déjeuner, mais comment convaincre mes invités ? Déjà qu'ils ne sont pas tellement nombreux. Annie invoquerait son travail, Yves s'inventerait un cours. Vivement la sieste !

Quinze heures

Yves

Valéria ne me parle jamais longuement de mes livres. Elle sait que pour moi l'écriture est une activité purement individuelle. Il lui arrive de souligner au passage un mot, une phrase, le comportement d'un personnage. Pour le reste, un silence qui ne s'est qu'accentué au fil des années. J'ai souhaité cette discrétion de sa part, il m'arrive de la déplorer. Tu te sens seul? me demande Ghislain, en se marrant. Tu aurais dû choisir une autre voie. Jouer la comédie, par exemple. Les réactions, on ne les attend pas longtemps. Les bravos, les ovations, ça nous connaît, nous les saltimbanques. Évidemment, tu as toujours estimé que ce genre de reconnaissance était superficiel. Ce soir, il ne manquera pas de m'asticoter, le Ghislain. Il a sûrement vu l'article du *Devoir* dans lequel on estimait que mes derniers romans étaient ratés. En réalité plus que ratés, désuets, destinés à un public qui n'existe plus. L'a-t-il lu, cet article, non, je ne le pense pas. Ghislain a dû se contenter de la manchette et de la légende qui accompagnait la photo. Je me serais bien passé de cette tuile. Déjà deux ans que je n'ai rien publié, au moins trois depuis la dernière période de véritable écriture. Le silence, je m'en accommodais tant bien que mal, mais ces petites méchancetés proférées par un universitaire un peu taré, j'en ferais volontiers l'économie.

Ghislain sera peut-être discret. S'il adoptait une autre attitude, je sais que je paraîtrais embêté. Comme si l'échec de mon entreprise m'annihilait. La seule lucidité que je m'accorde est celle d'avancer à tâtons dans un labyrinthe mal éclairé dont l'issue m'est de moins en moins évidente. Je soupçonne que Valéria craindrait de me peiner en se livrant à des commentaires trop directs sur mes romans. Elle me ménagerait, comme on évite de dire certaines évidences devant un être condamné à mourir à brève échéance. On ne parle pas de corde dans la maison d'un pendu, dit-on peut-être encore. Valéria a-t-elle fait autre chose tout au long de notre vie commune que de me protéger? À peine a-t-elle regimbé quand je lui ai annoncé que je donnerais des cours de création littéraire. Tu crois vraiment que tu peux enseigner à écrire à de pauvres enfants ? me demande-t-elle à intervalles réguliers. À mon habitude, je réponds que pour moi rien ne s'enseigne, mais que bon, la tentative en vaut la peine. Après dix ans, tu devrais le savoir quand même un peu. Le tout se termine par une boutade. Mon genre, les boutades qui mettent fin aux débats à peine amorcés. Marie-Paule me sort parfois un axiome de Montesquieu : « Pour la plupart des gens, j'aime mieux les approuver que de les écouter. » Tu n'aimes pas converser avec Valéria ? Mais oui, et tu le sais bien, c'est tout simplement que j'ai parfois, et même souvent, l'impression de n'aller nulle part. Les questions sur tout et sur rien, je n'ai jamais cessé de me les poser. Jusqu'au moment de ta retraite, tu te pencheras sur des ébauches d'écriture dont la plupart du temps tu ne vois pas l'intérêt ? Je garde le silence. Valéria sait bien qu'elle m'a confondu. J'ai abandonné l'enseignement proprement dit parce que je n'y croyais plus. J'ai saisi cette occasion de me ressourcer. Ainsi disais-je alors, pourtant la résurrection souhaitée ne s'est pas produite. Je n'ai jamais cru à quelque bouée de sauvetage. Je suis irrécupérable. Seule Valéria m'empêche de désespérer tout à fait.

Depuis une bonne demi-heure je suis ennuyé par une migraine. Est-ce parce que la perspective de sortir ce soir m'effraie que je me sens si mal en point? Entendre les jérémiades ou les bravades de Ghislain, avec lui on ne sait jamais, ne me tente absolument pas. Quand il dispose d'un public, si restreint soit-il, il cabotine. S'il est en forme, passe encore. Ces temps-ci, il ne l'est pas tellement. Les travaux de mes étudiants en comparaison devraient me paraître bienvenus. Les deux premières copies sont lamentables. D'accord, le thème n'était pas prometteur, mais fallait-il aligner tous ces poncifs, verser dans le commentaire à deux sous? Je croyais que le travail de Viviane serait supérieur. Mais je n'ai pu me rendre qu'à l'avant-dernière page. Il faudrait que j'apprenne à ne rien espérer. Pourtant, dès que je songe à deux ou trois de mes étudiantes, je perds un peu le nord. Manifestement, elles ont du talent. Il est probable qu'elles estiment mes romans barbants. Elles finiront par écrire des livres pour lesquels je ne parviendrai pas à me passionner. Penseront-elles à me les faire parvenir avec une dédicace touchante, leurs premiers romans? Ou m'auront-elles décidément oublié? Tu as tort de t'attendre à une certaine reconnaissance, me rappelle Valéria. Les jeunes ont d'autres soucis, ils regardent vers l'avenir. Ton protecteur à l'époque, le vieux jésuite, tu l'as bien balancé, non?

Comment lui répliquer? Elle a raison. La

vie nous happe. Nous commençons par l'espoir et finissons dans la résignation, plus ou moins consentie. La quatrième copie est encore pire que les trois premières. Je m'énerve, écris en marge un commentaire rageur. Je le regrette aussitôt. J'ajoute une remarque moins incisive. Il me semble tout à coup que Valéria me surveille. Elle me trouverait impitoyable. Valéria, une femme admirable, selon l'avis de mes collègues qui ont fini par la rencontrer au long des années. Certains d'entre eux vivent auprès de mégères avec qui je n'irais même pas au supermarché. Une perle, Valéria est une perle et moi je ne suis qu'un scribouilleur. Comment en suis-je venu à ne plus me surprendre de sa présence, de ses gestes ? Après trente-cinq ans de vie à deux, ce serait étonnant, me dit Ghislain. Mais donne-toi la peine de la connaître, de la suivre dans ce qu'elle est, dans ce qu'elle devient. Je lui réponds qu'elle m'amuse parfois, qu'elle m'émeut souvent. Tu veux de l'inédit, insiste Ghislain, mais la nouveauté c'est ailleurs qu'elle se trouve. Il ajoute sans trop de méchanceté qu'avec moi l'inédit est pour le moins improbable. Si l'imprévu apparaissait dans votre couple, tu ne le verrais même pas, pris comme tu l'es par tes romans. T'es-tu déjà arrêté à cette éventualité ? Pendant un an, tu n'écrirais pas, tu bannirais toute idée de fiction. Tu t'occuperais de ta vie à deux, de ta femme, de son fils et de leur bonheur. Un voyage en Italie ou ailleurs. Elle ne dirait pas non. Elle m'en a parlé l'autre soir. Deux ou trois semaines à Florence et à Venise, ça te dirait?

Encore une dizaine de copies à corriger. Je m'y mettrai demain matin. La pollution, si ça continue, je serai pour.

Ghislain

J'aurais bien aimé dormir un peu. À mon âge, une petite méridienne ne fait jamais de tort. Mon âge, je n'ai pas d'autres sujets de conversation. Marie-Paule a raison, il faut que je change de disque. Au restaurant, il y a gros à parier que je me mettrai à me plaindre de mes petits bobos. Avec Yves et Marie-Paule, passe encore, mais avec Luc ou Annie qui doivent déjà me tenir pour une relique, je devrais faire gaffe. Éliane m'a demandé hier si j'avais déjà joué avec Hector Charland. Non, ma très chère petite, ni avec Charles Dullin. Il m'aurait fait peur, celui-là. J'ai toujours été un peu brouillon, j'apprenais mal mes rôles, je ne les approfondissais pas. Une sorte de chien savant, estime Yves, qui écrit rarement une phrase sans consulter un dictionnaire. Quand on a, comme moi, passé sa vie à jouer, il n'est que normal au fond que l'on s'exhibe. Et qu'ai-je à montrer sinon ma décrépitude ? C'est tout simple, accepte de vieillir au lieu de rechigner comme un enfant gâté, me répète Marie-Paule. Je lui réplique qu'elle finira bien par apprendre ce que c'est que d'accumuler les années. Avec elle, je peux tout dire et ne m'en prive pas. Elle ne s'offusque à peu près jamais. Le cas échéant, je sais comment renouer. Elle s'est aperçue que les hommes ne la regardent plus comme avant. À l'en croire, elle se sentirait plutôt soulagée. Ne plus avoir à recevoir les hommages de commande, ne pas avoir à se retenir devant une sottise trop évidente. Cette époque est terminée. Et quand tu t'apercevras, ma très chère, que tes seins qui ont toujours été ta fierté s'affaissent, comment réagiras-tu ? Quand je t'ai dit, oubliant toute prudence, que j'étais devenu impuissant, tu n'as pas un peu songé à te bidonner ? Les femmes considèrent que nous accordons une trop grande importance à notre pénis, mais que le muscle devienne inopérant, qu'il se tapisse en position de repli, elles ont tendance à se moquer. Est-ce à cause de la force que nous croyons posséder, cette faculté de susciter chez les femmes les jouissances les plus profondes, je ne sais pas. C'est vrai qu'il est ridicule, mon membre, revenu à peu près à ce qu'il était dans l'enfance.

Quand je m'adresse à une femme, je me comporte comme si j'étais encore un homme en pleine possession de ses moyens, je fais des ronds de jambe. À l'époque, Marie-Paule m'entendant parler au téléphone savait aussitôt si je m'adressais à un homme ou à une femme. Elle est bien au moins, cette fille ? me demandait-elle en souriant. Ce soir, il est évident que je ferai le beau, surtout si la serveuse est un peu accorte. Devant la petite Vietnamienne aux yeux si finement bridés qui assure le service certains soirs, je perdrais volontiers la tête. Son sourire me bouleverse. Idiot comme je le suis toujours un peu, je me dis chaque fois qu'il suffirait que je lui propose un rendez-vous pour qu'elle me suive dans un petit bar où nous nous regarderions les yeux dans les yeux. Tout cela ne dure qu'un instant. Je ne tarde pas à me dire que les jeunes femmes s'attendent à ce qu'on les aime vraiment, qu'on les satisfasse. Avoir été ne suffit pas. Je me souviens d'un vieux comédien français qui avait atterri au Québec à la fin de la guerre. Il avait réussi à faire croire à la ronde qu'il avait joué avec Jouvet et qu'il avait été résistant. Ma Résistance à moi ne pèse pas très lourd, j'aurai tout accepté. Le vieil acteur s'entourait de femmes. Jusqu'à un âge avancé, il avait maintenu une réputation de baiseur. Jouvet, il n'a pas dû le connaître tellement. La Résistance, j'en doute. Mais les femmes, du solide. Elles étaient folles de lui.

Combien me coûtera ce souper? Ma carte Visa est pleine. Peut-être vaudrait-il mieux que je règle par chèque. L'accepteront-ils, ces gens que je connais un peu, enfin, nous verrons. Il y a peut-être à la porte une affichette qui dit que la maison refuse le règlement par chèque. Dire qu'il y a à peine dix ans j'avais mes entrées dans trois ou quatre restaurants du Vieux-Montréal. Je ne détestais pas être reconnu en ce temps-là. J'en remettais. Plus question de cela maintenant. Si au moins je pouvais me réfugier derrière l'anonymat, mais non, il arrive encore qu'on me reconnaisse. Je l'admets, j'avais tout autant besoin de cette gloriole que des applaudissements, des levers de rideau, des coups du brigadier. Ces trois coups, il me semble parfois les entendre en rêve la nuit. Avec une intensité variable selon les pièces et la conviction que j'y mettais, ils me permettaient de me lancer dans le monde de l'imaginaire, un monde qui a presque toujours été plus enthousiasmant que celui de la réalité. Seule la fréquentation des femmes m'aura donné à certains moments un sentiment de plénitude aussi grand. Yves, je le jurerais, n'a jamais connu pareil contentement. Ni la vie avec Valéria ni l'écriture ne l'auront comblé. Il insiste tellement sur l'aspect solitaire de son travail d'écrivain que je ne parviens pas à l'imaginer transporté par une idée ou une passion. Il aura vécu avec une femme d'exception sans en être bouleversé. De même, l'écriture ne l'a jamais étonné. De son propre aveu, il accepterait facilement de ne plus écrire. Moi, on m'a chassé du théâtre. Je croyais mourir sur une scène. Comme Molière, ironise Marie-Paule. Pourquoi pas ? Quand un camarade était en panne, que sa mémoire lui faisait défaut, je l'aidais, je savais que, comme moi, il faisait partie d'un équipage. L'impression de voguer vers une destination inconnue, une île mystérieuse. Mais aujourd'hui, que suis-je, sinon un vieillard qui se souvient à peine de l'homme qu'il a voulu être, de celui qu'il a été. Décidément, le sommeil ne viendra pas. Pourvu que je n'aie pas l'air trop fatigué ce soir.

Annie

Encore deux heures à passer. Aucun client jusqu'ici.
Aucun visiteur, devrais-je dire. Ces temps-ci, on ne
se bouscule pas au portillon. Quand on m'a enga-
gée, on m'a prévenue. J'aurais surtout besoin de
patience. Est-ce que j'aimais lire ou faire des mots
croisés ? Seulement quelques questions sur mon
intérêt pour la peinture. J'ai répondu du mieux
que j'ai pu. Facile, j'ai été élevée par une mère qui
avait fait les Beaux-Arts. Mon père, je l'aurai à
peine connu. Toujours absent. Ma mère, présente
pour deux. Elle m'appelle tous les jours. Je l'aime
bien, mais ce qu'elle peut être chiante parfois ! Tout
à l'heure, elle n'a pas cessé de me vanter Ghislain. Il
a été si bon pour toi, il t'a offert ta première auto,
après tout. Mais non, maman, il m'a largué sa
vieille Toyota. Une casserole que je devais conduire
au garage tous les mois. Tu sais pourquoi il me l'a

donnée? J'aimais tellement ton père, me disait-il, il ne l'évoquait jamais sans avoir les larmes aux yeux. Je pense maintenant qu'il devait espérer que nous deviendrions amants. Se faire tailler une pipe par une fille de vingt ans, cela manquait peut-être à son palmarès. Évidemment, je n'ai pas dit ça à la vieille, elle en aurait été scandalisée. Dans la maison de retraite où elle croupit depuis la mort de papa, elle n'en finit pas de régresser. La peinture, elle ne s'y intéresse plus depuis longtemps. Elle se gave de télévision. L'autre soir, il était bien minuit, elle me réveille pour me signaler que Ghislain passait à ARTV. Une reprise, comme de raison. Il s'agirait d'un inédit que je n'en aurais rien à cirer.

Elle vient tout juste de m'appeler. Un visiteur poussait la porte au même moment. Dès que quelqu'un entre, je m'énerve. J'ai l'habitude d'être seule à rêver. Elle me demandait de dire à Ghislain qu'elle l'avait vu dans un long métrage nouvellement paru en DVD et qu'elle l'avait trouvé beau. Si elle pensait que j'allais livrer son message, elle se trompait. Un peu plus et je lui racontais ce que m'a dit Nickie. Je me suis retenue juste à temps. Pourquoi la troubler? L'idole de sa jeunesse, elle l'a tout de suite adoré, ce bourreau des cœurs. Il y avait lui, il y avait Riopelle. Celui-là, elle ne l'a rencontré qu'une fois, il était complètement bourré, elle l'a trouvé irrésistible. Tellement timide, il était tellement timide, répète-t-elle chaque fois qu'elle en parle, ce qui survient au moins une fois par semaine. Sa chambre est minuscule, papa ne lui a laissé que des dettes, meublée à la va-vite, une commode bancale, deux chaises dépareillées, un fauteuil au dossier élimé, une table, un tapis indien défraîchi. Qu'est-il arrivé des meubles qui se trouvaient dans l'appartement du boulevard Édouard-Montpetit? Elle n'a jamais voulu me le dire. Peut-être ont-ils été vendus par le concierge pour qui elle s'était prise d'affection? Cela est probable. Ma mère se serait imaginé des choses. Vivre sans homme, a-t-elle toujours prétendu, n'est pas une vie. On est comme ça dans la famille, on craint la solitude. Mon père n'était pas différent. Il s'est fait embobiner par des drôlesses tout au long de son existence. Il les choisissait toujours du genre italien, la plupart du temps petites. C'était plus fort que lui, il faut croire. Pourvu qu'il en ait retiré un certain contentement. Un soir qu'il avait un peu bu, il m'a avoué qu'il en avait pris son parti, jusqu'à la fin il tomberait amoureux de femmes dont on s'entendait autour de lui pour dire qu'elles le rendraient malheureux. Une exception, Valéria. Je lui donnerais tout pour qu'elle me suive, avait-il ajouté, parvenant à peine à articuler, lui qui donnait des cours de pose de voix au Conservatoire. À son avis, Yves ne la méritait pas. D'ailleurs, croyait-il, aucun homme ne méritait qu'une femme tombe amoureuse de lui. C'est un peu pour ça, Annie, que ton père est un poivrot, déclarait-il.

Il trouvait plaisir à se déprécier. Poivrot, il ne l'était sûrement pas. Quand ses histoires se terminaient, toujours mal, il revenait vers maman. Elle ne le refusait pas, mais l'agonissait d'injures. J'ai mis des années à comprendre ses réactions.

Le visiteur s'est contenté de regarder deux ou trois toiles à la dérobée, a glissé un dépliant dans la poche de son imper, très rapidement, comme s'il n'en avait pas le droit. Un autre dérangé. Retrouverai-je des gens plus normaux au souper ?

Marie-Paule

Mais comment fais-tu pour vivre avec Marcel ? me demande parfois Ghislain. Que puis-je répondre sinon qu'avec lui je mène une vie paisible. Évidemment, il m'arrive de m'ennuyer. Il y a bien cinq ans que je n'ai pas quitté le Québec. Il me prend parfois l'idée de sauter dans un avion en partance pour Rome ou Amsterdam. Laisser un mot d'explication, mais ne pas me justifier. Je ne suis pas sûre du tout qu'il songerait à protester. Il ne supporte pas les déplacements et n'accepte que ceux que son travail lui impose. Certains jours, je me dis que je paie un peu cher ma quiétude matrimoniale. Une chose est certaine, par moments je m'ennuie. Au moins avec Ghislain, j'avais l'impression de vivre. Il me donnait des coups, il m'annonçait brusquement qu'il partait en tournée. Il s'éclipsait pour des périodes variables, sans toujours s'expliquer. Je suis vite parvenue à découvrir ses mensonges. À l'époque de la rupture, alors que j'hésitais encore avant de vivre avec Marcel, je passais mes soirées chez Yves et Valéria. Ils tâchaient de me consoler. Un peu comme je l'ai fait quelquefois pour Luc. Dans ces moments-là, il suffit d'assurer une certaine présence, une qualité d'écoute. Il n'y aurait donc qu'Annie qui n'aurait pas besoin des autres? Ce n'est pas à moi qu'elle se confierait en tout cas. Pourquoi m'en veut-elle au juste? Il suffit que je prenne la parole pour qu'elle me contredise. Ignore-la, me conseille Marcel. Ce n'est pas toujours facile. Nous serons cinq à table. Qu'elle soit en face de moi ou à mes côtés, je ne pourrai l'éviter.

À moins que je ne me décommande. Je souffrirais d'une migraine soudaine. Ghislain me comprendrait. Il a passé sa vie à se plaindre de ses céphalées. Le problème, ce serait Marcel. Il ne manquerait pas de me signaler que je n'avais pas le droit de manquer à ma parole. Il me le dirait très calmement, en songeant au cigare qu'il fumerait si le médecin ne le lui avait pas interdit. Marcel vient d'avoir soixante-cinq ans, il en paraît au moins soixante-dix. Dire que je reprochais à Ghislain d'être immature. Il m'amusait la plupart du temps, faisait des contrepèteries, imitait des confrères. Il n'avait pas son pareil pour chanter à la façon de Luis Mariano, de Nat King Cole ou de Jean Sablon. Annie va sûrement lui demander de réciter une tirade de Cyrano. Comme d'habitude, il se fera prier un peu avant de s'exécuter. Nous en aurons pour une bonne demi-heure à supporter ses clowneries. Dans ce genre de circonstances, il hausse la voix. Tout pour attirer l'attention. L'ennui, c'est que pour les clients du restaurant il ne sera qu'un casse-pieds au verbe un peu haut. La dernière fois, il ne s'en souvient peut-être pas, on s'était moqué de lui ouvertement. Un petit blond portant un t-shirt noir, sur lequel était brodé en lettres dorées le mot SHIT, s'était approché de notre table en demandant à Ghislain de baisser le ton. Vous savez à qui vous adressez la parole? avait répliqué Ghislain avec une superbe que son interlocuteur ne pouvait pas comprendre. Non, mais tu vas te la fermer, vieux con? Ghislain s'était levé, blême. Comme à l'époque où il écumait les bars en compagnie de Michel. Yves disait : laisse tomber, laisse tomber. Ghislain n'en continuait pas moins à haranguer le blondinet, qui finit par éructer un FUCK OFF rageur avant de retourner vers ses amis. En réalité, le voyou devait plutôt craindre la carrure d'Yves. Quant à Valéria, elle avait le fou rire. Yves, tu penses vraiment que tu aurais pu venir au secours de Ghislain?

À part Luc, et encore, je me demande qui peut souhaiter participer à ce repas. Si au moins il s'agissait d'un restaurant de qualité. Ce chinois frôle le bas de gamme. Du glutamate à tire-larigot. Yves goûtera à peine aux mets qu'on lui servira. Annie retournera bien un plat. Faut-il qu'il s'ennuie pour tenir à ce point à nous réunir! Déjà que l'addition lui posera problème. Yves est trop près de ses sous pour offrir de défrayer le souper. De ma part, il n'accepterait jamais, le Ghislain. Il se croit affranchi, mais il a tous les préjugés des hommes de sa génération. Pour lui, une femme ne règle jamais une addition si elle est accompagnée.

Luc

Je suis sorti de chez moi trop tôt. Je ne voulais tout simplement pas rencontrer Mario. Il a pris l'habitude de toquer à ma porte sans s'annoncer. J'ai deux raisons pour l'éviter. Je lui dois deux cents dollars et il a un chagrin d'amour. Les deux cents dollars, je ne les aurai pas avant un bon mois. Quant à sa peine, j'ai déjà donné. Je ne parle pas des miennes, je me débrouille pas mal. Celles des autres en revanche, la barbe. Trouver les mots qui parviendraient à le remonter, celui-là, j'ai abdiqué depuis longtemps. Il a le don de tomber amoureux de filles impossibles. La dernière en date, la beauté fatale, je ne l'ai vue que quelques instants. Comment l'as-tu trouvée? m'avait-il demandé dès le lendemain. Il était étonné que je n'aie pas été bouleversé par ses yeux, par ses hanches, et quoi encore. Une véritable ballerine, non? J'ai probablement répondu que de toute ma vie je n'avais vu qu'un seul ballet, *Gisèle,* que je m'y étais autant ennuyé qu'à la cérémonie religieuse du mariage de Marie-Paule. Une semaine seulement s'était écoulée avant que la beauté fatale lui impose un voyage en Toscane et deux mois avant qu'elle lui annonce qu'elle avait renoué avec un vieil ami, marchand d'art.

S'il fallait que je le croise ici, en pleine rue Saint-Denis! Il est en congé pour deux semaines encore. Ce qu'il bricole au juste à Hydro-Québec, je ne l'ai jamais compris tout à fait. Mais je sais que lorsqu'il a des problèmes sentimentaux, il ne peut pas rester à son appartement. Si au moins il laissait passer un peu de temps entre ses petites histoires, mais non, il ne tarde jamais à s'amouracher d'une autre fille. D'habitude, c'est dans un bar qu'il fait sa connaissance. Pour ça, je l'admire. Il sait comment faire. Mario ne connaît pas Ghislain, mais il l'imite. Ose, ose, il faut oser, répète-t-il. Il y a aussi Marie-Paule qui me cite souvent Stendhal, qui avait des idées identiques sur le sujet.

Il y a justement un exemplaire du *Rouge et le Noir* dans la vitrine d'une librairie de livres d'occasion. Pourquoi ne pas y entrer, perdre un peu de temps. Une heure de furetage dans les rayons, un café. J'ai repéré un McDo pas loin, aucun danger que Mario m'y voie. Il en a contre les fast-foods, le jazz, les films de science-fiction, tout ce qui est américain. Pas un intellectuel, Mario, tout juste s'il parcourt les pages sportives de *La Presse*.

À peine suis-je entré dans la boutique qui sent un peu le moisi que j'aperçois une table de soldes. Trois romans d'Yves. S'il savait qu'on peut trouver ses livres à Montréal pour moins d'un dollar pièce, quelle serait sa réaction ? J'ai déjà croisé des écrivains plus infatués que lui. Au théâtre, un milieu que Ghislain m'a fait connaître, j'ai rencontré des dramaturges qui ne se prenaient pas pour de la merde. Comment s'appelait-il, Mignolet, Marsolais, Michelet, une ordure, qu'on ne joue plus maintenant. En colère dès qu'un comédien modifiait une réplique ou avait un trou de mémoire. Son texte était définitif, selon lui. Le pauvre Yves écrit des romans qui sont à l'écart des modes, il ne se plaint jamais de la taille de ses tirages. Peut-être réserve-t-il ses doléances à Valéria. C'est plus fort que moi, j'ouvre *Verdict attendu*. Il a dû le publier vers 1992. C'est ça, 1992. Le début est prometteur, il y a là un rythme, une originalité. Le livre a plutôt été mal reçu. Je me souviens d'une recension assassine. Style vieillot, monde suranné, misérabilisme de l'âme. La journaliste, une chipie, non, une idiote qui s'est mise à écrire des romans à son tour. *Ver-*

dict attendu, en tant qu'ancien commis libraire, je sais que le titre n'est pas accrocheur. Il est vrai que j'ai tellement vu de *best-sellers* débiles se vendre comme des petits pains que je ne sais plus. Yves Joly décrit les amours déçues, les tristesses qui durent. On ne lui pardonnera jamais le ton de son écriture. Le deuxième roman sur la table, *Attirances.* Je ne l'ai pas lu. Pas plus que *La Mort qui vient.* Le livre n'est pas en bon état, des passages soulignés au crayon rouge. Son meilleur livre, dit-on parfois. J'ai jugé que j'avais assez donné. Pourtant, tout à l'heure, je lui dirai que j'ai repris la lecture de certains de ses romans. Ce n'est pas vrai, mais je me sens généreux. Les mensonges de ce genre, pourquoi s'en priver? Mais en raconter à Mario au sujet de ses déboires sentimentaux, je ne peux pas. Tu devrais apprendre à tricher, me dit parfois Ghislain. Alors, je tricherai au sujet des romans d'Yves.

Dix-sept heures

Annie

Il y a tout juste dix minutes, Tommy est passé à la galerie. Sans prévenir. Il en a l'habitude. Je déteste. J'allais fermer. Tommy, je l'aime bien. Sans plus. Ses visites impromptues ne durent pas. Cette fois, il donnait des signes de vouloir s'incruster. J'ai proposé de prendre un café. Il y a un Subway pas très loin. C'est là que nous nous sommes regardés à peu près comme des amoureux. Pas mal, ses yeux, d'un noir qui tranche avec la pâleur de son teint, le regard intense. Le nez un peu fort, le crâne rasé, beaucoup de charme.

Qu'est-ce qu'il y a, Tommy, qui ne va pas? Alors, sans autre préambule, il me dit qu'il m'aime. Une tuile. Que lui répondre? Que moi, je l'aime aussi? Pas question. Je ne suis pas prête à m'engager dans une histoire avec lui. Ni avec qui que ce soit. Pas prête, assurément. Alors, je l'écoute, je ne dis à peu près rien. Il n'en paraît pas surpris. Il parle sans arrêt, un véritable torrent, je serais une fille du tonnerre, il me voit partout, n'en dort pas. À peine si de temps à autre je peux acquiescer ou mettre un bémol. Moi qui au début ai cru qu'il s'intéressait à Robert Savoie et à je ne sais plus quel peintre fasciné par le Japon. Il me dit que vraiment c'est moi qui suis au centre de sa vie, pas la peinture ou la musique baroque dont il ne cesse de me parler. Mon café a refroidi. Par mégarde j'ai ajouté un deuxième cube de sucre. Il est carrément imbuvable.

Ce n'est certes pas à cause du café que je me mets à penser à Ghislain. Tommy n'a pas encore la moitié de son âge, il est timide, son audace doit bien lui coûter un peu, mais rien n'y fait, je sais qu'il veut me séduire. Certains jours, je m'en amuserais. Pas aujourd'hui. Est-ce parce qu'il m'a paru prendre un peu d'assurance au bout de quelques minutes, qu'il a employé une expression qu'utilise souvent Ghislain quand il s'adresse à moi, ma petite Annie, qu'il s'est raclé la gorge quelques fois, un tic de Ghislain, en tout cas j'ai cessé de l'écouter. Mais pourquoi les hommes finissent-ils toujours par faire la roue pour peu qu'on leur en laisse l'occasion ? Il aurait suffi qu'il m'invite à prendre un café à un moment mieux choisi, qu'il me dise des choses ordinaires, qu'il me parle de son chauffe-eau qui fuit ou de son concierge qui souffre d'un mal de dos, qu'il me regarde en souriant, pour que je sois réceptive. Mais il se sent tenu de s'offrir en spectacle, il attend un résultat. S'est-il aperçu que je suis insensible à son baratin ? En est-il rendu à croire qu'il m'indiffère ou pire encore que je suis frigide ? S'il le croit, pourquoi persiste-t-il ? Il n'y a pas à dire, il me rase. Pourquoi l'ai-je suivi plutôt que de rentrer chez moi ? J'aurais pu lui raconter que ma mère était malade ou que je voulais me changer avant d'aller à un rendez-vous. Que peut me faire qu'il ait exposé des aquarelles à vingt ans ou qu'il estime que les dernières chansons de Leonard Cohen sont inférieures à celles de ses débuts ? Un moment de silence que je ne fais rien pour combler. Il me touche l'épaule de façon insistante. D'instinct, je me rebiffe. Qu'il n'aille surtout pas s'imaginer qu'il m'intéresse. Les mains d'un homme sur mon corps, je veux bien, mais pas les siennes. Qu'est-ce que je fais ce soir ? Je lui sers une histoire compliquée. Selon toute évidence, il me croit.

Luc

Il y a bien une heure que je poireaute devant un café. Je ne suis entré dans ce McDo que parce que la pluie s'est mise à tomber. Ne voilà-t-il pas que Tommy s'approche de moi. Tommy que je n'ai pas vu depuis des mois. Je craignais de rencontrer Mario, est-ce que je gagne au change? Il ne perd pas de temps. Luc, je suis amoureux. Annie, tu la connais, elle me l'a dit. Elle travaille dans une galerie d'art. Je m'empresse de lui répondre que je sais à peine qui elle est. Surtout ne pas lui révéler que je la vois dans moins de deux heures. Ne pas mêler les cartes. Il y a quatre ou cinq ans, il m'a hébergé pendant près de six mois. Le geste était généreux. Le hic, c'est que Tommy est un casse-pieds. Généreux, pas question d'en douter, mais pourquoi me donnait-il des conseils? À son avis, je devais cesser de me dévaluer, me vendre plutôt. Je faisais semblant d'acquiescer. Il avait probablement raison, après tout. Mais comment changer ? C'est plus fort que moi, j'aime me déprécier. Avec les femmes, la formule me réussit. En ce temps-là aussi, elle me réussissait. Pour de petits triomphes évidemment. J'ai toujours été modeste. Je ne disais rien qui puisse le blesser. Je n'avais nullement l'intention de retourner chez ma mère, qui chaque fois me houspillait. Et puis, ma vie, je n'avais pas du tout l'impression de l'avoir ratée. Je devais avoir trente-sept ans. Je m'intéressais à des tas de choses, je finirais bien par percer. C'est ce que je racontais à ma mère, en tout cas. Je collaborais à des magazines, un article de temps à autre. Mal payé. Mais je me débrouillais jusqu'à ce que je me foule une cheville en jouant au foot. Je ne voyais tout de même pas pourquoi j'aurais dû m'astreindre à un travail régulier comme Tommy. Il travaillait à la Bourse, à faire quoi au juste, je ne l'ai jamais su. Il ne rentrait jamais avant vingt heures, harassé. Il n'était pas rare qu'il étudie un dossier jusqu'aux petites heures du matin. Un jour, il en a eu assez de m'héberger. Je le comprends. L'après-midi j'allais au cinéma, je me levais tard. Lui bossait. Aussi intensément que mon frère, le comptable.

Pauvre Annie. Si Tommy a décidé de la conquérir, elle n'est pas sortie de l'auberge. Surtout qu'il vient de me révéler qu'il n'en peut plus de vivre seul. Dit-il la vérité quand il m'apprend qu'il n'a pas fait l'amour depuis cinq ans? Il n'a pas l'air de mentir. Il m'explique qu'il a eu un chagrin d'amour. Tiens, un peu comme Mario. Sauf qu'ils n'ont pas la même vitesse de croisière. Je prendrais bien un autre café? Tommy n'attend pas ma réponse, se dirige vers le comptoir où une petite blonde à lunettes tend déjà l'oreille.

Le désastre est plus grand que tout ce que j'avais pu imaginer. Tommy est amoureux fou d'Annie. Tu ne trouves pas que tu t'emballes un peu trop? Pas du tout, répond-il, ça fait des mois que je la désire. Désirer, Tommy peut désirer? Il aurait changé depuis le temps. Ai-je remarqué comment elle est vive? Je me retiens de lui dire que c'est justement cet aspect de son caractère qui me ferait peur. Il continue sur sa lancée. Certes, elle n'est pas de ces nénettes prêtes à tout gober. Où diable a-t-il pigé cette expression, nénette? On jurerait entendre Ghislain. Qu'il ne l'emploie surtout pas devant Annie. Elle va le rembarrer d'un coup sec. Je n'ose pas le lui dire. Il se débrouillera bien tout seul. Il m'embête, mais au fond il me rend service. J'ai encore une bonne heure à perdre avant de retrouver les invités de Ghislain. Il ne faut surtout pas que je mentionne l'existence de ce rendez-vous. Il offrirait de se joindre à nous. La tête que ferait Annie!

Je la trouve si belle. Pas toi? Il ajoute qu'il ne se souvient pas d'avoir rencontré une femme qui ait cette vivacité, cette intelligence. En peinture, elle en connaît un rayon. D'accord, elle n'était pas aussi ferrée en art quand elle a été embauchée par le galeriste. C'est une preuve de détermination, non? Tu le sais, Luc, je ne supporte pas les indolents. Des pâtes molles dans mon genre? Je le dis pour le dérider un peu, pour lui changer les idées. Quand je suis en congé d'amour, c'est fou comme je peux trouver les amoureux amusants. Les amoureux sont seuls au monde, chante parfois Ghislain. Une chanson de son époque. Habituellement, il enchaîne avec du Verlaine, en imitant Louis Jouvet. « Dans le grand parc solitaire et glacé », extrait de *Carnet de bal*. À moins qu'il ne se mette à chantonner *Si tu t'imagines*. Tommy amoureux me paraît touchant. Pour un peu, je serais prêt à intercéder en sa faveur auprès d'Annie. Mais il y a un empêchement. Annie, j'ai de plus en plus l'intention de me la garder. Ghislain m'assure qu'elle est aussi disponible que moi. Aucun homme dans sa vie actuellement. Alors, pourquoi pas le petit Luc? On verra bien. J'ai toujours été impeccable avec elle. J'exagère un peu. Je la connais à peine. Il n'empêche qu'il y a cinq ans à peu près nous nous sommes isolés pendant un lancement. Elle cherchait un appartement dans la Côte-des-Neiges. Elle croyait que j'étais agent immobilier. Encore une fois, Ghislain avait tout mêlé. Agent, je l'avais presque été, je faisais tout juste visiter des apparts pour une copine qui, elle, était affiliée à Re/Max. Mais oui, Tommy, nous sommes d'accord, Annie est une fille du tonnerre. La preuve? Quand je pense à elle, je n'ai plus mal aux dents.

Marie-Paule

Depuis que je lui ai offert un iPad, Ghislain m'envoie régulièrement des courriels. À propos de n'importe quoi. Il lui arrive même de me faire des aveux qu'il n'oserait pas me faire de vive voix. Je ne m'en étonne pas. Tant d'années de vie commune m'ont immunisée à ce chapitre. Celle-là, toutefois, je ne m'y attendais pas. À mon avis, serait-il déplacé qu'il se fasse accompagner par cette jeune femme à qui il donne, m'apprend-il, des leçons de pose de voix ? Ghislain professeur, première nouvelle. Depuis quand ? La diction, pour commencer, n'a jamais été son fort. François Rozet lui reprochait d'avaler des syllabes. Sa protégée s'appelle Éliane. Il a ajouté qu'elle n'a que vingt-deux ans, qu'elle vient de Trois-Rivières et qu'elle s'ennuie à Montréal. À mon avis, il n'a pas besoin de me consulter. Il est libre d'inviter qui il veut. C'est plutôt à la petite que je songe. Elle va s'ennuyer à mourir avec nous. Et puis, notre repas n'est-il pas une sorte de réunion d'anciens ? Que viendrait-elle y faire ?

Mais rien, m'a-t-il répondu dans un autre courriel. Pour une fois dans ma vie, je songe à être gentil, à aider une pauvre fille esseulée, tu ne vas pas me sermonner, tout de même ! Je l'imagine rire bruyamment en se relisant. Quand je le surprenais en flagrant délit de mensonge, il ne réagissait pas autrement. Il a ajouté : ne va pas croire, Marie-Paule, que je suis amoureux. Je me suis tout simplement pris d'affection pour cette enfant. Rien de plus. Je crains fort que tu ne me trouves ridicule. J'ai quatre fois son âge. Mais, c'est tout simple, je ne suis bien qu'avec elle. Ne va pas croire non plus que je l'ai séduite ou que j'aie l'intention de le faire. Elle est si jeune.

Et puis, vieux sadique, tu ne baises plus depuis au moins cinq ans. Tu l'as avoué à Yves. Même tes secrets les plus intimes, tu finis par les dévoiler. Si tu l'emmenais au lit, tu perdrais tout l'ascendant que tu pourrais avoir sur elle. Mais comment tu t'y es pris pour l'impressionner ? Agis-tu de la même façon qu'à l'époque ? Racontes-tu toujours ton enfance dans une famille de huit enfants dont tu aurais été le benjamin ? Ton père alcoolique, ta jeune sœur morte à deux ans? Lui as-tu dit qu'à douze ans tu travaillais dans une filature? En ce temps-là, ce que tu pouvais être convaincant! J'ai mis quelques mois à me rendre compte que ta mère n'avait connu que deux maternités et qu'à douze ans tu étais bêtement écolier, enfant de chœur à l'occasion. Ta vocation de comédien t'est-elle venue, comme tu l'as prétendu devant moi, d'une rencontre avec Fred Barry, de ta fascination pour le Jean Gabin des débuts? La petite a peut-être eu droit à une autre version, elle n'a jamais entendu parler de Fred Barry ni de Jean Gabin, probablement. Te connaissant, tu as dû t'extasier à propos des talents de Roy Dupuis ou de Vanessa Paradis.

Ces deux courriels m'ont mise en joie. Ghislain n'aurait donc pas perdu la forme. Ce soir, il n'évoquera pas l'éventualité d'un suicide comme il l'a fait il y a deux ou trois ans. Dans mes deux réponses, je me suis bien gardée de lui montrer mon amusement. Il aurait pu prendre la mouche. Je relis le deuxième message, celui dans lequel il me signale qu'elle est mignonne, son Éliane. Mais oui, Ghislain, tu les choisis bien, tes égéries. Moi, par exemple, je n'étais pas mal, non? Il poursuit, elle ne sait rien, mais j'aime son ignorance. Elle veut tout découvrir, elle m'émeut, Marie-Paule. Elle a quand même lu un peu, le nom d'Yves ne lui est pas inconnu. Elle connaît *Automne précoce,* un roman de ses débuts. Il lui aurait tant parlé de moi qu'elle a envie de me connaître. Il n'a pas dû lui apprendre que, les derniers mois de notre vie commune, il s'était plutôt mal comporté. C'est de bonne guerre. Toulet disait que deux amants qui ne se mentiraient en rien se fuiraient avant l'aube. Tiens, une belle citation pour tout à l'heure. La petite comprendra-t-elle? Nous verrons. Et puis, il n'est pas sûr qu'elle soit présente. Ghislain n'a pas encore réussi à la joindre. Qu'il l'amène, sa protégée. Le voir jouer les Pygmalion encore une fois, je ne l'espérais plus.

Yves

Quand la porte d'entrée s'est refermée, j'ai sur-
sauté. J'avais dû sommeiller un peu. Valéria avait
prolongé d'une heure son jogging. Chéri, c'est
moi, me lance-t-elle. Sa voix a toujours la même
vivacité. Pendant qu'elle troque ses chaussures de
sport contre ses charentaises vermeilles qu'elle ne
quitte jamais quand elle est à la maison, elle m'explique qu'elle a rencontré une amie avec qui elle a
bavardé. Par ce temps? Il fait à peine frais, et puis
elle m'a invitée chez elle. Elle habite tout près. Toi,
tu as dormi, avoue! C'est Aline, tu sais, la grande
brune que nous avons croisée au Jean Coutu,
l'autre jour. J'aurais dû penser qu'elle n'habitait
pas très loin, mais je suis comme ça, il y a des évidences qui m'échappent. Sa voix s'est peu à peu
rapprochée. Elle apparaît dans l'embrasure de la
porte, le teint frais, l'œil pétillant. Tu as l'air étonné,

tu ne me crois pas. Serais-tu devenu jaloux? Son mari l'a quittée il y a six mois. Le coup classique, sa secrétaire ou son associée, je n'ai pas très bien compris. Tu en ferais un roman. Parce que tu estimes que mes romans finissent toujours mal? Pas du tout, tu pourrais raconter comment le mari en question a trouvé le bonheur en se débarrassant d'Aline. Il est vrai que dans tes romans il est surtout question de ratage, de vieillissement. Tes lecteurs, tu leur fais la vie dure. Tu as déjà songé à écrire sur nous? Je ne sais plus si elle plaisante ou si réellement elle s'amuse de mon étonnement. Combien de fois ne m'a-t-elle pas dit qu'elle aurait mal supporté que je traite de notre couple dans un roman. Elle s'en doute, je suis incapable de dépeindre un personnage féminin sans songer à elle. Je ne suis plus depuis longtemps l'amoureux fou que j'ai été, mais je n'ai jamais regretté d'avoir vécu avec elle. Si tu avais eu une vie sentimentale aussi compliquée que la mienne, me dit Ghislain, tes romans en auraient sûrement été transformés. Seraient-ils meilleurs? Ghislain ne l'affirme pas, peut-être le pense-t-il. Pourtant, si j'avais une aventure, il serait le premier à me blâmer. Je n'ai pas le droit de tromper une femme aussi exceptionnelle, l'affaire est entendue. Je ne me défends même pas, je lui rappelle que mes romans ne sont au fond que des récits autobiographiques déguisés. J'ai inventé des personnages qui se démêlent comme ils peuvent dans des situations que je n'ai jamais connues mais que j'invente à la façon d'un tricheur. Un tricheur qui ne met pas directement ses proches à contribution. Pas d'autofiction avec moi, à peine des rêves qu'animent des personnages qui miment leur malaise devant la vie.

Un verre de lait à la main, Valéria m'entraîne vers la salle de séjour. Tu en veux? me demande-t-elle un peu par dérision. Elle voit que je me suis versé un verre de muscadet. Chaque jour à cinq heures, le même cérémonial. Dans tes romans, dit-elle, on boit rarement du lait. Pas beaucoup d'enfants non plus, tes personnages se défont aisément de leurs attaches, voyagent beaucoup. Comment expliquer que soudainement ma femme m'éblouisse à ce point? Elle n'a dit que des banalités. Je viens de me rappeler mon cauchemar de la nuit dernière. Valéria venait de mourir dans un accident de train à Lisbonne, elle était en compagnie de Ghislain. Quand je fais des rêves de ce genre, je me réveille bouleversé. Seule la présence de Valéria à mes côtés me rassure. Comment expliquer que cette fois, justement, je n'aie pas été rassuré? J'avais vécu avec elle si longtemps sans m'arrêter à cette évidence : Valéria pouvait me quitter, mourir ou partir avec quelqu'un d'autre. Et moi qui me comportais comme si je la tenais pour acquise. Valéria, je t'aime, dis-je, tout à trac. La première fois depuis longtemps que je sens le besoin de le lui dire. Elle ne paraît pas étonnée. Un peu rassérénée peut-être. Mon cher Yves, je devine que tu vas me demander de faire l'amour, histoire de te mettre en train pour ce repas qui d'avance te rebute. Une sorte d'apéro, mais je n'ai pas le goût actuellement. Quand tu rentreras, s'il n'est pas trop tard, pourquoi pas ? À moins que tu ne sois complètement givré.

Valéria ne dit rien de tout cela. C'est le romancier en moi qui s'agite. Elle me parle plutôt de son amie Aline qui a de sérieux problèmes financiers. Elle ajoute que Serge nous rendra visite le week-end prochain. Avec femme et enfants. Ça te fera quand même un peu plaisir, les premières heures en tout cas ? Surtout si les petits ne sont pas trop turbulents, non ? Il m'a jointe sur mon portable. Tu sais, il n'ose pas téléphoner trop souvent pour ne pas te déranger. J'espère qu'il n'a pas perdu son poste ou qu'Isabelle n'est pas encore enceinte. Je suis inquiète, je l'avoue. Chaque fois qu'il s'invite à peu de jours de préavis, il a une mauvaise nouvelle à nous communiquer.

Me voilà contrarié. Serge, je veux bien. Il a

beau avoir des préoccupations que je n'ai pas, par exemple il est au fait des dernières découvertes de la technologie, je parviens à peine à me servir de mon ordinateur, mais pourquoi a-t-il fallu qu'il épouse cette gourde d'Isabelle? Leurs enfants, deux garçons de trois et quatre ans qui rempliront la maison de leurs cris. Ce n'est certes pas leur mère qui leur demandera d'être plus discrets. Tu as l'air tout drôle, mon amour, c'est la venue de Serge qui te met dans cet état? Valéria dépose son verre vide sur le guéridon. Je la connais, il vaut mieux ne pas lui dire que je me passerais de cet envahissement de notre territoire. Peut-être supporterai-je mieux cette fois les hordes sauvages. Si j'en profitais pour aller corriger quelques copies? Il me reste bien encore une heure. Valéria vient de s'assoupir. Peut-être aurais-je dû mentir un peu, lui dire que la venue de Serge et de sa smala ne m'ennuyait pas le moins du monde.

Ghislain

Je n'aurais pas dû dire à Marie-Paule que j'inviterais Éliane au restaurant ce soir. Pas avant d'avoir pu parler à la petite, en tout cas. Trois tentatives en une demi-heure. À l'âge qu'elle a, on ne tient pas en place. Elle a pourtant un portable. Comment appelle-t-on ce bidule, un *appareil intelligent* ? Une demi-heure, c'est suffisant pour me demander si j'ai raison de tenter cette démarche. N'est-ce pas trop exiger d'Éliane que de la mettre en présence de mes amis ? Il a fallu presque une semaine avant qu'elle cesse de m'appeler Monsieur Lemire. Il lui arrive encore de me vouvoyer. Marie-Paule n'a rien dit, mais elle n'est pas d'accord, c'est l'évidence. Elle doit craindre que je ne m'amourache d'une intrigante qui m'en fera baver. Ce ne serait pas la première fois. À ce jeu-là, il y a toujours un perdant. Parfois, c'était moi. Cependant, j'ai été plus que raisonnable depuis un certain temps. Bien obligé, me dirait-elle. Elle connaît ma vie sexuelle par cœur. Je pourrais m'en vouloir d'avoir été trop volubile sur le sujet. Il n'en est rien. Au fond, Marie-Paule, c'est ma mémoire, ma conscience. Elle a le droit de me juger. À sa façon presque maternelle. C'est elle qui, à deux ou trois reprises, m'a empêché de trop souffrir. Tant pis pour le passé, l'important c'est que je n'arrive pas à joindre Éliane. Où est-elle passée? Sa mère la réclame-t-elle à Trois-Rivières? Pourtant non, elle se serait décommandée pour notre rencontre de demain. Entendre sa voix, noter au passage des accents que je lui aurais recommandé de gommer, la manière qu'elle a de laisser traîner le *s* de mon prénom, son rire en cascade, son ton nasillard, son souffle presque haletant, voilà ce que je veux entendre. Mais pourquoi a-t-elle éteint son portable? Un moment de distraction de sa part, probablement. Je sais toutefois qu'elle attend une convocation pour une postsynchro. Méfie-toi, n'a pu s'empê-cher de me dire Marie-Paule, tu pourrais facile-ment être son grand-père, un jour ou l'autre tu l'ennuieras. Comment puis-je l'oublier, Marie-Paule n'ignore à peu près rien de mon état de déla-brement. Elle se souvient à coup sûr de mes petites défaillances de l'époque. Il y a combien de temps?

Je ne sais plus compter. J'avais cependant de beaux restes, j'arrivais facilement à vaincre mes manques en ce temps-là. Je disais que j'avais trop bu la veille, que mon travail en tournée m'épuisait, mais maintenant que puis-je trouver? Mon vieil âge, ce n'est pas à une partenaire au lit que j'en parlerais. Quand je pense aux années enfuies, ce ne sont pas mes ratés que j'ai en tête. Marie-Paule et moi avons été des amants magnifiquement assortis. Elle me disait, lors de mes presque fiascos, ces moments où le désir tarde à s'incarner, t'en fais pas, ce n'est rien, laisse-moi t'embrasser. Que ne donnerais-je pas pour retrouver ces années de félicité? Il s'en est passé du temps depuis. J'en suis rendu à attendre qu'une très jeune personne, que je ne suis pas du tout sûr d'avoir conquise, veuille bien m'accompagner à un petit souper d'amis dans un restaurant moins que moyen pour me prouver que je ne suis pas seul dans la vie.

Yves m'a dit l'autre jour que la présence de Valéria lui pèse parfois. Il ne sait rien de ma détresse. La devinerait-il qu'il ne citerait jamais le prénom de Valéria. Tu voudrais être à ma place peut-être? Il ne répond pas. Il n'en peut plus de se justifier. Je ne serais pas surpris d'apprendre que Valéria ne lui demande pas de comptes. Pas son genre. Se sent-il contraint? Mais c'est le bonheur qui est à ses côtés. Il lui manquerait d'avoir une vingtaine d'années de plus et d'être seul dans un appartement, attendant que quelqu'un lui fasse signe. Marie-Paule n'arrête pas de me conseiller d'avoir un chat. Aussi bien me dire de prendre des cours de cuisine. Je déteste les animaux de compagnie. Qu'il s'agisse de chiens, de chats ou de hamsters. Ce qu'il me faudrait, ce serait une femme qui me tienne compagnie, voilà tout. Je lui demanderais surtout d'être présente, de ne pas me casser les pieds. Je ne supporte plus le décor dans lequel je vis. Tous vos beaux meubles, me dit la petite, vous voulez vous en débarrasser ? Puis, se reprenant comme si elle avait commis une faute irréparable, elle se remet à me tutoyer. À ces moments-là, je la serrerais dans mes bras, je lui parlerais de projets que je n'arriverais même pas à préciser. Je me contente de lui sourire, de lui toucher l'épaule sans insister, de dire que mon décor, je l'aime bien, que je l'ai bâti petit à petit, mais qu'il ne m'amuse plus tellement. Tu as besoin de changement ? me demande-t-elle. Bientôt, tu ne voudras plus me donner de conseils ? Elle prononce ces mots auxquels elle ne croit pas tout à fait, je les reçois, je les gobe. À son âge, elle peut se permettre ces marivaudages, encore un mot que je devrai lui apprendre, sans trop de risques. Plus qu'elle je redouterais le moment où il faudrait passer au lit. Une jeune femme a droit à une plénitude que je ne peux plus apporter. J'imagine la scène. Nous sommes nus tous les deux, elle s'excuse de ne pas m'avoir procuré le moment d'extase attendu. Je lui dis qu'elle n'y est pour rien, que j'ai parfois de ces faiblesses que j'attribue aux médicaments. Les explications de ce genre, je les ai déjà fournies. Les femmes les acceptent ou font semblant de les accepter. Si je composais son numéro de nouveau?

Dix-neuf heures

Marie-Paule

Je ne perdrai donc jamais l'habitude d'être en avance aux rendez-vous. Il s'est bien écoulé cinq minutes avant l'arrivée d'Annie. Elle porte une jolie robe, décolletée juste ce qu'il faut, des boucles d'oreilles rouge vif, une eau de parfum qui doit être du *Boucheron*. Quand elle m'a aperçue, elle a souri. Puis elle a suivi le garçon, qui ne s'était pas donné la même peine pour moi. J'ai fait mon temps. Annie a trente-cinq ans, j'en ai soixante-deux. Ne pas chercher une autre explication. Elle semble d'excellente humeur, mais je crains toujours d'être seule avec elle. Que va-t-elle trouver à me dire ? À moins qu'elle ne décide de ne pas parler. Ce n'est pas la première fois que nous sommes les premières arrivées. Occasion en or de commander des apéritifs supplémentaires, blague à tous coups Ghislain. Nous ne manquons pas de passer à l'acte. Des kirs, bien sûr. Le restaurant me paraît de plus en plus moche. Les murs sont toujours recouverts de photos jaunies qui relatent à leur façon l'histoire du cinéma américain d'avant-guerre. J'ai le temps de vérifier mes connaissances en la matière, car Annie feint de s'intéresser à Fred Astaire. Peut-être veut-elle éviter d'entamer la conversation. Mais non, elle me dit qu'elle a lu une nouvelle d'Yves dans une revue. Pas mal, dit-elle, mais il lui manquerait un goût de la vie. Pourquoi s'obstine-t-il à raconter des histoires morbides, pourquoi se complaît-il dans des climats glauques? Ce n'est pas ainsi qu'il s'attirera un vaste lectorat. Je riposte faiblement, je rappelle qu'il ne tient pas tellement à être lu par ce qu'on appelle le grand public. Mais surtout, reprend-elle, il est aussi terne que ses livres. Continuer à le défendre, ça ne sert à rien. Je dis plutôt que Ghislain va nous présenter sa nouvelle amie. Quand je lui apprends qu'Éliane a à peine plus de vingt ans, Annie ne bronche pas. Le garçon apporte les kirs, réserve à Annie le plus engageant des sourires. Elle ne fait rien pour le décourager. Elle sait pourtant qu'il lui est inutile de minauder. Ce garçon est manifestement homosexuel. Avais-je l'air aussi sotte quand un homme me faisait la cour? Bon, je ne vais pas me mettre à être envieuse d'une femme dans la trentaine. Tes rides, ma vieille, elles expliquent tout. Et puis, admets-le, tu n'as jamais été aussi tentante qu'Annie. Les hommes ne vont pas changer pour t'être agréables. Ils iront toujours vers la jeunesse. Tu seras plus en sécurité. Marcel n'en sera que plus précieux.

Annie me fait remarquer que le restaurant est presque désert. Une dizaine de clients, nous deux comprises. Le lundi soir, commente-t-elle, c'est souvent ainsi. Ghislain, sa petite amie, il l'a depuis quand ? Je réponds que je n'en sais rien. Ils vivent en couple ? Il semble que non, mais avec Ghislain sait-on jamais ? Elle marque une pause, puis vivement : savais-tu qu'il avait fait un bébé à une pauvre fille et qu'il ne s'est occupé ni de l'une ni de l'autre ? Elle se met à me raconter une histoire sordide. Un jour, elle finira bien par le confondre. Pourquoi pas ce soir ? Qu'il ait été le meilleur ami de son père ne change rien à l'affaire. Non, mais tu te rends compte, pendant qu'il menait grand train, que les contrats étaient loin de lui manquer, qu'il louait parfois des villas sur la Côte d'Azur ou en Corse, ces deux-là, il les abandonnait à leur détresse. Tu es sûre de ce que tu avances ? Ton informatrice ne serait pas portée sur l'exagération ? Je dis que je connais Ghislain sur le bout de mes doigts, qu'il peut être distrait, volage, mais

141

qu'il a bon cœur. La preuve, est-ce qu'il tiendrait tant à nous inviter ce soir alors qu'il a du mal à joindre les deux bouts? Pour Annie, ça n'a rien à voir. C'est un lâche, il a toujours fui les responsabilités. Mon père n'en revenait pas de la façon dont il se sortait des situations les plus embarrassantes. Il a passé sa vie à fuir. Il me dégoûte, ton Ghislain, notre Ghislain. Mais ne crains rien, je ne vais pas faire d'esclandre ce soir. Un jour, entre quat'z-yeux, je lui dirai ce que je pense de lui. Elle fait quoi dans la vie, cette Éliane? Comédienne, je le jurerais. Il n'a jamais tellement cherché à diversifier son territoire de chasse, le Ghislain. Tiens, voici Luc.

Je suis fière de moi. Je n'ai rien dit qui puisse laisser croire à Annie que je connais cette zone d'ombre de la vie de Ghislain. Mais ce Luc, il a quand même fière allure. Annie ne me démentirait pas. Non, mais regardez-la, tout sourire.

Annie

Quand j'ai aperçu Marie-Paule, déjà installée à la
table où nous ferions semblant de nous amuser
quelques minutes plus tard, j'en ai encore plus
voulu à Tommy. N'eût été sa présence, je me serais
attardée à la galerie. Alors que là, je n'ai même pas
eu le loisir de me remettre un peu de rouge à lèvres.
Tommy, j'ai dû le pousser vers la porte. Il voulait
que nous déjeunions ensemble la semaine prochaine. Il peut toujours attendre. Qu'est-ce que je
lui ai répondu, que je suivais un régime ou que
j'avais des problèmes de digestion, je ne sais plus.
J'aurai toujours un prétexte pour ne pas avoir à
subir son baratin trop longtemps. Est-ce à cause de
lui que je trouve, pour une fois, la conversation de
Marie-Paule tout à fait supportable ? On dirait
bien. Elle s'est même informée de mon travail. Est-
ce que j'avais le goût de me remettre à la peinture ?

Elle se souvenait donc que j'avais fait de l'aquarelle, que j'avais eu un temps le projet d'exposer. C'était pas mal, ce que tu faisais. Je me souviens d'une suite marine que tu avais composée à Cape Cod, je pense. Ton père nous en avait beaucoup parlé. Michel t'aimait tellement. Je lui ai fait compliment de son tailleur. Très classe, sa coiffure la rajeunit, je lui demande le nom de son coiffeur. Nous parlons comme deux bonnes femmes. Je m'entends prononcer des phrases que ma mère n'aurait pas désavouées. J'ai failli me mettre en colère quand elle m'a annoncé que Ghislain serait peut-être accompagné ce soir. Il aurait encore réussi à plaire, ce vieux débris? Elle est étonnée de mon attaque, s'empresse de dire que Ghislain a du charme. Je dois en convenir. Évidemment, pour toi il est très vieux, mais avoue qu'il a la manière, il sait parler aux femmes. Elle a dû s'apercevoir que je n'étais pas tout à fait d'accord, elle en a remis. Est-ce que je me souvenais de cette journaliste hongroise qu'il avait ramenée de Chicago, il y a une dizaine d'années? Tu sais, la grande rousse qui avait publié un livre sur Cuba, qui baragouinait le français et qui avait un gros cul? Non, vraiment, les passions de Ghislain ne m'ont jamais beaucoup intéressée. Ces années-là, je prenais soin de papa. Il avait été odieux avec maman, la trompant autant qu'il pouvait. Quand ils se sont séparés, il était inconsolable et buvait comme un trou. Les deux dernières années de sa vie ont été atroces. Oui, je sais, Annie, tu as été d'un dévouement remarquable. L'occasion était trop belle, j'ai enchaîné sur ce que je venais d'apprendre au sujet de son Ghislain.

Pas folle, la guêpe, j'aborde le sujet avec précaution. Je me débrouille pour admettre que si Ghislain a du charme, il n'a pas toujours été d'une conduite exemplaire. Tu ne savais peut-être pas qu'il est le père d'une fille dont il ne s'est jamais occupé ? Marie-Paule est sur ses gardes. Ghislain, elle le défendra bec et ongles. Il est impossible qu'il se soit conduit de la sorte. Il a trop grand cœur. Il a souvent aidé des camarades en difficulté. Ton père, tiens, il l'a sorti du pétrin plusieurs fois. Michel ne t'en parlait pas, tu étais trop petite, et puis il avait son orgueil. Marie-Paule, je veux bien que Ghislain se soit montré généreux en plusieurs occasions, mais moi je te parle d'une goujaterie sans nom dont il s'est rendu coupable. Il serait quand même bien qu'elle apparaisse parmi nous ce soir, sa fille, tu ne trouves pas ? Ce que j'aimerais voir la réaction du séducteur. N'aie pas peur, elle ne viendra pas. Beaucoup trop timide. Mais nous aurons droit à la présence de la petite nana à qui il a dû faire miroiter des lendemains triomphants.

Marie-Paule n'en peut plus. Va-t-elle chercher à me persuader que Ghislain est un être exceptionnel? Non, elle bifurque. Elle me parle d'Yves. Elle l'a croisé il y a un mois rue Bernard. Son imper démodé, d'un gris tirant sur le vert, le faisait paraître plus étrange que d'habitude. Manifestement, il avait forci. Mais pourquoi Marie-Paule me raconte-t-elle tout ça sinon pour mettre en valeur le pouvoir de séduction de Ghislain? Elle le voit dans sa soupe, ce saligaud.

Yves

Tu n'as jamais trompé ta femme? m'a souvent demandé Ghislain. Il se doute bien que la réponse sera négative, mais il me la pose. Jamais été tenté? Je le laisse mariner un peu, puis je finis par admettre que peut-être... Une étudiante, probablement? À ce chapitre, je suis impeccable. Même pas été dans une situation troublante, ton étudiante te suggère de prendre un café, tu lui proposes un livre, qu'elle devra te rendre, s'ensuit une soirée au cinéma. Non, Ghislain, vraiment pas. Si tu insistes, je t'avouerai peut-être qu'un jour j'ai failli accepter un rendez-vous avec une lectrice. Une exaltée qui croyait s'être reconnue dans un de mes romans, qui l'avait fascinée pour je ne sais plus quelle raison, et qui s'imaginait que j'étais un homme « vibrant », ainsi qu'elle disait. Une lettre qui m'était parvenue pendant que Valéria était en croisière en Méditerranée avec sa sœur Sabine.

Si je repense à toutes ces choses, c'est que Marie-Paule vient de m'envoyer un courriel dans lequel elle m'annonce que Ghislain aurait une nouvelle femme dans sa vie. Très jeune, à ce qu'elle me dit. Marie-Paule prend bien soin de préciser qu'elle veut seulement m'informer pour que je ne sois pas trop surpris de la présence de l'inconnue. Il se remettrait donc en course? Mais qu'est-ce qu'une toute jeune femme peut-elle trouver de fascinant dans un vieillard dont les cheveux, de plus en plus rares, sont d'un blanc tirant sur le jaune? Ghislain a été bel homme, il ne l'est plus depuis au moins dix ans. La compagnie de cette jeune personne le métamorphosera. Il sera insupportable. Déjà Annie pouvait faire problème. Tout auditoire lui est bon, surtout s'il est composé de femmes. Il se transforme alors, devient incontrôlable. Impossible à ces moments-là de le suivre. D'une parfaite incohérence. Pourvu que cette affaire ne s'éternise pas, m'a écrit Marie-Paule. J'ai cru qu'elle parlait du souper. Il n'y a pas à dire, la correction de ces satanées copies a eu mauvais effet sur moi. Deux lignes plus loin, j'ai compris qu'elle souhaitait que l'épisode Éliane n'ait pas de suite. Ghislain redevenu amoureux, un désastre appréhendé. Je ne pouvais pas la blâmer, c'est elle alors qui devrait lui remonter le moral. Chaque fois, il menaçait de se suicider, pleurait à chaudes larmes comme il l'avait fait quelques fois au théâtre ou à la télévision.

Au fond, tu es un bourgeois qui ne se pose pas tellement de questions. Ton poste à l'université te protège contre la tentation que tu pourrais avoir d'écrire des romans dont tu aurais honte. Jamais de compromis, dis-tu, c'est à voir. Ghislain peut continuer pendant des heures sur ce thème. Il finit toujours par me reprocher mon bien-être. Mon travail assuré, ma vie matrimoniale sans péril. Quant à mes livres, il doit estimer qu'ils vont mourir avec leur auteur. Ce n'est pas moi qui lui donnerais tort. Malgré un accueil critique acceptable, mes tirages deviennent de plus en plus modestes. On me tient pour une « valeur de la littérature québécoise ». Une convention qui ne rime à rien. Dès qu'une nouvelle génération d'universitaires verra le jour et que ma production se fera plus rare, ce sera l'oubli. Les belles conversations que nous aurons, Valéria et moi, à peine moins déprimantes que les autres que j'aurai avec Ghislain. Au fond, suis-je plus jeune que Ghislain? Les seize années qui nous séparent sont un leurre.

Valéria joue avec la petite chatte dont nous nous occupons à la demande de voisins partis en vacances je ne sais où. Elle sait pourtant que je n'aime pas les chats. Quand elle m'a informé de l'offre qu'elle avait faite à ces gens que je connais peu et dont je ne désire pas tellement faire la connaissance, je n'ai même pas songé à m'opposer. Combien de temps encore devrons-nous supporter cette sale bête? lui ai-je demandé hier. Encore quatre jours, mon chéri, quatre jours à tolérer cette odeur qui t'indispose. Pour un peu, je te demanderais de t'occuper de la litière. Par-dessus tout ça, l'arrivée de Serge et de sa bande! Les enfants seront ravis de pouvoir jouer avec cette touffe de poils qui miaule sans arrêt. Je n'ignore pas tout à fait que je me transforme petit à petit en monstre d'intolérance. Je ne supporte plus rien. À peine si la sublime Valéria réussit à m'éblouir parfois.

Marie-Paule s'est étonnée l'autre jour que je ne tienne pas mon journal. Tu serais un merveilleux diariste, assure-t-elle. Et pourquoi? Un journal me servirait uniquement à me plaindre. J'aurai traversé la vie sans en tirer le moindre agrément. Et si Valéria n'était pas là? m'a demandé Marie-Paule. La réponse ne m'est pas venue tout de suite. Puis, chère amie, je serais atterré, je n'aurais plus qu'à m'effondrer. Je n'avais pas besoin de l'exemple d'un compagnon de travail que le décès de sa femme a laissé inconsolable pour craindre cette éventualité. Il m'arrive de plus en plus de faire des cauchemars à ce sujet.

Chéri, il serait bon que tu songes à partir. Elle a raison, il est près de sept heures. Et que je n'oublie pas de demander à Ghislain s'il se souvient du nom de la comédienne qui jouait avec lui dans un téléroman dans les années quatre-vingt, Sylvie ou Sophie ou Sylvaine, une grande blonde qui tenait le rôle d'une avocate dans une histoire un peu sordide.

Ghislain

Éliane m'avait pourtant dit qu'elle rentrerait tôt cet après-midi. J'espère qu'il ne lui est rien arrivé. En prenant de l'âge, je m'inquiète facilement. Du temps de Marie-Paule, je n'avais pas les mêmes appréhensions. Parfois, elle découchait sans prévenir. Bien sûr, je savais qu'elle était chez sa mère, que je pouvais la joindre à tout moment. Ce que je ne faisais pas, trop heureux d'avoir quelques heures de liberté. Et si j'étais allée chez un amant ? disait-elle le lendemain. Je n'y avais même pas songé. Pas le genre de Marie-Paule. J'étais confiant en ce temps-là. Alors que maintenant je perds le nord parce qu'une jeune femme, que je n'aurais peut-être même pas remarquée il y a vingt ans, ne me repousse pas. Il est vrai que j'ai été d'une retenue exemplaire. Aucune audace, je n'ai même pas cherché à l'approcher, ce qui s'appelle vraiment approcher, à peine ai-je tenu ses mains un peu longtemps dans les miennes. D'accord, j'ai poussé le compliment à la limite du raisonnable, je me suis extasié sur ce qui n'était qu'un effort pour donner du sens à une réplique. Tout juste l'ombre d'une passion naissante. Je me le répète, cette époque est révolue qui me faisait perdre la tête à répétition. Même les ingénues de nos jours ne tombent pas amoureuses d'un vieillard. Me reste, et j'y tiens, l'illusion d'avoir une femme à mes côtés. Ce que je peux espérer qu'elle acceptera de se joindre à nous ! Elle sera pétrie de peur, j'en ai la conviction, mais elle s'acclimatera rapidement. La présence d'Yves la tétanisera. Elle a été étonnée d'apprendre qu'il était un ami de longue date. Elle a lu certains de ses romans au cégep. Les a-t-elle aimés ? Il semble bien qu'elle ne les a pas détestés. Elle découvrira un homme particulièrement timide, qui ne regarde jamais une femme dans les yeux, qui bafouille volontiers dès que la moindre émotion s'empare de lui. On ne dirait jamais qu'il affronte des étudiantes depuis une trentaine d'années. Je lui ai même déjà offert de lui indiquer des façons d'améliorer sa prestance, comment articuler, comment sourire au moment requis. Et son port de tête alors, il a l'air humilié.

Je n'aurais pas dû sortir par un temps pareil. Du moins, ne pas marcher. Le printemps est tardif, cette année. Il fait très frais, il tombe une pluie fine qui glace le visage. Mais comment ne pas marcher ? Aucun taxi n'accepterait une course aussi courte. Je marche lentement, le rythme de mes pas n'est plus ce qu'il était. L'autre jour, Luc, à qui je me plaignais d'une douleur à la cheville, me faisait remarquer un peu méchamment que je devrais bientôt me munir d'une canne. Une canne, j'y aurai bien recours le temps venu. Pour l'heure, je ne suis qu'un octogénaire déçu parce qu'une jouvencelle, qu'il n'a cherché à aviser qu'au dernier moment, ne l'accompagnera pas à un repas sans prétentions, par lequel il pensait toutefois l'éblouir un peu. Le Dragon Orange a connu de meilleurs jours, qui n'eurent rien d'étincelant, les nappes sont parfois trouées, les fauteuils ont le dossier élimé, non, je comptais sur autre chose. Elle aurait découvert, la petite, ce qu'est l'amitié partagée, le spectacle de personnes civilisées qui savent converser intelligemment. Quand, un jour, tu rencontreras mes amis, lui ai-je dit avant-hier, tu verras que ce sont des gens merveilleux. Je sentais tellement le besoin de lui prouver, à la petite, que je n'étais pas tout à fait un solitaire que le monde avait déserté. Elle m'écoutait avec intérêt, s'informait. Yves surtout l'intriguait. Comment se comportait Yves Joly en société ? Était-il joyeux, participait-il aux conversations, était-il aussi renfermé qu'il semblait ? J'ai eu beau lui dire qu'il répond gentiment aux questions qu'on lui pose, qu'il ne donne jamais l'impression de nous juger, elle n'était pas rassurée. Je n'allais tout de même pas lui apprendre que Marie-Paule voyait tout, qu'elle le notait, qu'elle avait une mémoire redoutable. Ce serait elle qui me dirait de me méfier ou qui, au contraire, me recommanderait de me laisser aller, de connaître un peu de bon temps.

Je viens de croiser un couple de vieilles personnes. Mince consolation, ces deux-là marchent encore plus lentement que moi. Elle a les cheveux blond clair, lui le front dégarni. Ils m'ont dévisagé. Selon toute évidence, ils m'ont reconnu. J'aurais dû leur sourire. Je le fais d'habitude. Mais je ne suis vraiment pas en avance. Sept heures douze. Même en accélérant un peu le pas, ce qui me serait difficile à cause des plaques de glace qui recouvrent parfois le trottoir, je n'arriverai pas à destination avant une bonne dizaine de minutes. Avec ces petites haltes qui me permettent de souffler un peu, avec aussi le numéro d'Éliane que je forme en pure perte. Pourquoi ne répond-elle pas ? Elle a sa vie, j'ai tendance à l'oublier parfois, des amis, des gens à rencontrer. Elle aura laissé son portable à son appartement. Son appartement qu'elle a promis de me faire visiter. Pas si bien que chez vous, a-t-elle dit, mal à l'aise. Je l'ai rassurée, qu'elle ne s'imagine pas qu'à son âge je vivais dans le luxe. Je vois les néons du Dragon Orange qui clignotent. Je devrai traverser la rue au feu, surveiller les autos qui viennent en sens contraire. J'entends encore le petit vieux, parle-t-il si fort ou est-ce que je marche si lentement, qui affirme à sa femme que je suis bien Ghislain Lemire, tu sais celui qui jouait dans ce téléroman à Télé-Métropole, nous ne sortions jamais le mardi soir à cause de lui.

Luc

Sûrement pour se faire pardonner de m'avoir retenu un peu trop longtemps, et parce qu'il aime bien rendre service, Tommy a insisté pour me conduire au restaurant. Je m'y connais un peu en autos, j'en vendais à Laval il y a une quinzaine d'années, un emploi qui n'a pas duré trois mois. Mauvais baragouineur, je ne savais pas insister. Toute une bagnole qu'il a, le Tommy. Une Volvo rutilante, qui sent le cuir, des gadgets en quantité. Quand il a vu dans quel restaurant j'avais rendez-vous, il s'est exclamé. Un prince déchu, mon Volpone? Comment se fait-il qu'il sache que Ghislain a joué dans la pièce de Ben Jonson, il y a bien trente ans? Je suis porté à le mésestimer, probablement parce qu'il a un train de vie que je n'aurai jamais. Il ne cherche pas à m'épater, il m'avoue en toute candeur qu'il a tout bonnement vérifié sur Internet.

J'aurais dû y penser, quand j'habitais chez lui il passait ses soirées devant son ordi. S'il veut intéresser Annie, il ferait bien de l'abandonner un peu, son Macintosh. Avec elle, il faut sortir, aller en boîte, voir des gens. Qu'est-ce qui lui prend de m'allonger deux billets de vingt ? Il m'explique que lorsque j'ai quitté son appartement, j'ai laissé quelques CD. Sans penser plus loin, j'empoche les dollars. Dans ma situation, je ne peux pas tellement faire l'indépendant.

À peine ai-je fermé la portière que j'aperçois Ghislain qui traverse la rue. Il n'a pas attendu le feu vert, une auto le frôle en klaxonnant. Il engueule en pure perte le chauffeur, se retourne dans l'espoir de trouver quelqu'un qui désapprouve la conduite de l'automobiliste. Quand il se rend compte de ma présence, il me lance un cri de reconnaissance. Le feu est encore au rouge. Une auto s'arrête tout près de lui. Il n'en a cure. En plein centre de la rue, il me fait l'accolade, me dit qu'il est bien aise de ne pas être le seul retardataire. Penses-tu qu'il serait temps que je choisisse un autre restaurant pour mes petites agapes ? Ça fait déglingué, non ? Je le rassure. Le luxe, connais pas. L'important n'est-il pas que nous soyons ensemble ? Je lui dis même que depuis qu'on a congédié le maître d'hôtel, celui que j'appelais Mao, ce lieu me paraît tout à fait fréquentable. Ce Mao, je l'avais connu à l'époque où j'étais percepteur de billets au Parisien, rue Sainte-Catherine. Il était en quelque sorte le gérant et n'arrêtait pas de me reprocher mes retards. Quand je l'avais retrouvé au Dragon Orange quelques années plus tard, il me toisait méchamment. Un soir où j'étais en compagnie d'une fille plutôt bien, il avait sciemment renversé un plat sur ma veste.

Nous n'avons plus qu'une dizaine de mètres à franchir avant d'atteindre le passage dallé qui mène au restaurant. Il me touche le bras. Luc, je suis devenu fou. Tu sais ce que j'ai fait ? J'ai invité la petite Éliane, tu sais celle dont je t'ai parlé la semaine dernière. Oui, c'est ça, mon élève comme tu dis. Je l'ai invitée, mais elle ne viendra probablement pas. Si au moins j'avais su me taire, si j'avais pu me retenir d'en parler à Marie-Paule. Non, mais faut-il que je sois stupide ! Je me suis placé dans une situation ridicule. Si elle apparaît vers huit heures, disons, je serai particulièrement embêté. Qu'est-ce que tu veux qu'elle fasse au milieu de nous ? Et moi, comment vais-je me comporter ? Je souhaite qu'elle ne me rappelle pas avant demain. Avec vous, j'ai mes habitudes. En sa présence, je ne suis pas tout à fait moi-même. Si j'étais avec elle comme je suis avec vous quatre, crois-tu qu'elle s'intéresserait à moi? Elle doit imaginer que je suis encore un comédien connu, elle me prend pour un père en même temps. Nous ne parlons jamais de ces choses. Je ne la connais que depuis un peu moins d'un mois. Je pousse la porte.

Tiens, le restaurant est presque vide. Au fond, je préfère. Si Ghislain m'avait demandé si je trouvais Éliane belle, qu'aurais-je répondu? Il n'ignore pas que moi aussi j'aime les femmes. La solitude, je la supporte de plus en plus mal. Si je lui en parlais, il me dirait que j'ai à peine un peu plus de quarante ans, que ma vie n'est pas terminée alors que la sienne agonise. Combien d'années de lucidité lui reste-t-il? Aurais-je dû lui signaler que son Éliane ne pouvait en aucune façon se joindre à nous puisqu'il ne lui a pas parlé? Mais non, il espère encore.

Vingt et une heures

Annie

Ce n'est pas ce soir que nous la connaîtrons, la nouvelle conquête de Ghislain. Au début du repas, il regardait constamment en direction de la porte d'entrée du restaurant. Comme s'il s'attendait à ce qu'elle apparaisse, cette fille dont Luc m'a dit en aparté qu'elle était plus qu'ordinaire. Comment le sais-tu ? Ghislain m'a montré sa photo tout à l'heure, une photo tirée dans un photomaton. À ce qu'il paraît, elle a un petit rôle dans un téléfilm en six épisodes qu'on diffuse actuellement. Comment était-il au courant, lui qui n'a même pas de téléviseur chez lui ? Évidemment, Ghislain l'avait mis au parfum. Le restaurant est presque rempli. D'où viennent donc ces femmes, une bonne vingtaine, qui sont entrées vers huit heures ? Sans avoir réservé, a dit le garçon, affolé. Impossible d'être plus bruyantes. Ghislain en paraissait gêné. Elles gâteraient sa fête. J'ai même craint qu'il ne les prie de baisser le ton. Est-ce l'effet du vin, il est soudainement devenu très gai. Ce soir, il n'a presque pas parlé de lui. C'est Marie-Paule qui était l'objet de ses attentions. On aurait juré par moments qu'ils vivaient toujours ensemble. Une sorte de vieux couple que la routine n'aurait pas atteint. J'en suis même venue à me demander si je n'ai pas été parfois injuste à l'égard de Marie-Paule. Elle est drôle, brillante même, et sait tirer de Ghislain ce qu'il a de meilleur. Pour l'instant, j'ai renoncé à le confondre, le bourreau des cœurs. Ce qu'il peut me paraître pitoyable ! À le voir s'adresser aux garçons, on jurerait que nous sommes attablés au Grand Véfour ou chez Taillevent. Il les prend de haut, s'adresse à eux avec une superbe parfaitement surréaliste. Peut-être le prennent-ils pour un aristocrate fraîchement descendu de l'avion. Mais non, ils le connaissent, c'est un habitué. Allez savoir pourquoi, il a tout à coup retrouvé l'accent français qui lui servait à l'époque où, à la télévision d'État, il avait joué Musset et Shaw. Des trois garçons, un seul m'était inconnu. Que peut-il bien penser de ce vieillard qui utilise si maladroitement les baguettes qu'il a insisté pour avoir ?

Le Dragon Orange n'est pas un restaurant aussi infect qu'il en a l'air. C'est également l'avis de

Luc. Le porc aigre-doux que j'ai commandé était nappé d'une sauce goûteuse. Je ne dirais pas la même chose des crevettes de Luc, pas suffisamment charnues. Je n'étais pas malheureuse du tout qu'il se soit placé à mes côtés, le petit Luc. Je l'appelle le petit Luc même s'il doit faire un mètre quatre-vingts. Peut-être se réfère-t-il à la petite Annie quand il parle de moi. Mais parle-t-il de moi ? Je fais tout pour qu'il le fasse dorénavant. J'ai bien remarqué qu'il me touche dès qu'il en a l'occasion. Je ne retire pas ma main quand la sienne me frôle. Je ne déteste pas non plus qu'il me regarde en y mettant un peu d'insistance. Tout à l'heure, nos pieds se sont rencontrés. Il s'est excusé, mais il y avait dans ses yeux un air malicieux qui ne trompait pas. Mais pourquoi avoir choisi cette table ronde autour de laquelle nous sommes tous un peu éloignés les uns des autres ? Luc s'est rapproché. Rien de plus facile, il lui aura suffi de me tendre son plat et de feindre qu'il parvenait difficilement à m'entendre à cause de cette horde de bonnes femmes. Ma chère, me suis-je dit, tout baigne. En route pour une petite aventure, pourquoi pas ? Il est temps que je me range, mais pas ce soir. Marie-Paule me dirait que ce n'est pas avec un gars comme Luc que je devrais chercher à me caser. Elle aurait raison. Plus gentil que Luc, c'est impossible. Mais instable, incapable de conserver un job plus de deux mois, panier percé, insouciant, tout ce qu'on veut. Pas avec des garçons dans son genre qu'on bâtit un avenir. C'est justement d'avenir que parle Yves à présent. L'avenir économique de l'Occident, mais qu'est-ce qu'il en sait? Pas un mauvais bougre, mais les expressions vieillottes qu'il emploie m'énervent. La première fois qu'il ouvre la bouche depuis une bonne demi-heure. Pas de doute, il s'ennuie ferme. Alors, vas-y, Yves, dis-nous tout ce que tu sais, ou crois savoir, sur la dépendance au pétrole. Il a à peine touché aux plats, la part de général Tao qu'il m'a offerte, je l'ai pourtant savourée. Même meilleur que mon porc aigre-doux. Il a l'air si distrait, a-t-il un problème au travail ou à la maison? Valéria lui tient-elle la dragée haute? De toute façon, au lit, il ne doit pas être bien exigeant. À l'université, il n'est certes pas non plus de ces profs qui fascinent les étudiantes. Marie-Paule vient de lui demander s'il a un nouveau roman en chantier. Il en paraît étonné. Peut-être estimait-il que son laïus sur l'état des finances mondiales lui assurerait l'impunité. Il répond brièvement, bafouille une généralité. Combien de fois ne l'ai-je pas entendue, celle-là, l'allusion au *work in progress*? Si Joyce ne l'avait pas utilisée, que nous sortirait-il, Yves Joly? Est-il possible d'être moins à l'aise? C'est pour cette raison qu'il écrit, prétend Marie-Paule. Je penserais plutôt qu'il se sent un peu supérieur. À ses yeux nous ne faisons pas le poids. Ne voilà-t-il pas que Ghislain lui pose une question au sujet de Tchekhov. Mais qu'est-ce qu'il connaît de Tchekhov, Ghislain? Il ne l'a joué qu'une fois, à la télévision, un bide. Yves répond par monosyllabes, Ghislain enchaîne avec *La Cerisaie*. Qu'il n'a probablement jamais lue. C'est un peu comme si je prononçais une conférence sur Turner ou Georges de La Tour. Luc a déposé sa main sur ma cuisse et ne la retire pas. Je lui souris.

Yves

Le manège de Luc ne m'a pas échappé. Il a décidé d'entreprendre Annie. Dans mes romans, ce sont les femmes qui prennent l'initiative. Pourquoi ce soir Annie serait-elle la proie? Ce mot qui m'est venu, proie, un relent de mon éducation catholique. Une proie, cette jeune femme pleine de vie qui a peut-être décidé qu'elle se paierait Luc? Je décris rarement des amours qui naissent. Je serais au mieux un romancier de l'amour conjugal. Annie doit estimer que je n'écris que pour des vieilles filles éprises d'intrigues pour elle surannées. Je l'admets, mon lectorat a pris de l'âge. Comment pourrais-je raconter de façon crédible le jeu de l'amour auquel se livrent Annie et Luc? Je vieillis. Force m'est d'en convenir, mais étais-je différent à trente ans? Ai-je déjà été un amoureux? Valéria ne s'est jamais plainte, elle a dû souffrir de ce manque de spontanéité qui me caractérise. Aurait-elle souhaité un conjoint plus épris? Je l'ai été pourtant, mais j'étais malhabile à le manifester. J'ai été amoureux fou de ma femme. Une passion dévorante qui a duré trois ans. Est-ce tout à fait ma faute si j'ai été porté par la suite à la considérer comme une complice, une sœur? Il n'y a pas à dire, m'a dit Ghislain pendant que Marie-Paule s'était absentée et que Luc n'avait d'yeux que pour Annie, nous sommes tout à fait dissemblables. Quand nous avons parlé un peu de Tchekhov tout à l'heure, il était évident qu'il n'avait rien retenu de *La Cerisaie*. Il s'est hâté de m'entretenir d'une jeune comédienne qui à son dire ira loin. Je n'ai pas bien entendu son nom, est-ce Luguet? Le prénom, Éliane. Je n'ai pas tardé à comprendre qu'il était amoureux. À sa façon, la seule qui lui soit dorénavant accessible, celle d'un vieil homme. Même si, il me l'a dit à voix basse, sa libido n'est plus à la hauteur, il n'a pas renoncé. Tu me vois au lit avec une jeune femme, je ne parviens même plus à maintenir une érection. J'aurais honte, je me sentirais ridicule, et pourtant qu'est-ce que je fais? Je multiplie les avances déguisées, je tente de provoquer les occasions. Yves, je suis complètement cinglé. J'espère que Luc et Annie ne m'entendent pas. Quelle importance au fond, ils n'ont pas ce genre de problêmes, eux. Regarde Annie, regarde ses yeux, ils sont pleins de désir. C'est ce qui me manque, le désir, le vrai désir, mon cher Yves. Marie-Paule revient, revenons à Tchekhov.

Nous n'en avons pas eu l'occasion. Elle ne tarde pas à nous interpeller. Écoutez, nous sommes réunis pour une raison particulière, un film, et nous n'en parlons même pas. Ça vous dirait de cesser vos conciliabules ? Elle a raison, évidemment. Mais me souvenir de ce film ? J'en serais incapable. Si seulement Ghislain savait à quel point j'ai regretté d'y avoir collaboré. J'y ai perdu une bonne année que j'aurais pu consacrer à un roman. Ou à des vacances avec Valéria. Je ne l'ai pas gâtée sous ce rapport, la pauvre. Elle n'aurait pas détesté voyager un peu. Je n'aurais pas eu objection à ce qu'elle parte en croisière avec Sabine ou avec une amie. Mais qu'est-ce que tu racontes ? me dirait Marie-Paule, tu n'as pas à donner de permission à ta femme. Si elle veut partir, qu'elle parte ! Luc délaisse un peu Annie, rappelle que lors du tournage, le régisseur n'avait pas dessoûlé, Ghislain s'en souvient-il ? Et comment donc ! Ghislain mime la démarche d'un dénommé Camille qui à certains moments confondait tout, croyant s'adresser à une comédienne alors qu'il était en présence de la maquilleuse. Marie-Paule, qui a dû entendre cette histoire à satiété, sourit d'un air entendu. Et cette fois, dit-elle, où on avait tenté de filmer un chat réputé docile, la bête ne songeait qu'à déguerpir. Comme dans *La Nuit américaine*, ajoute-t-elle. Et moi qui n'ai jamais pu supporter les chats, dit Ghislain. De beaux souvenirs, marmonne-t-il, des souvenirs, j'en ai. Tu prends des vacances, cet été? demande Annie. C'est à moi qu'elle s'adresse. Je n'en sais strictement rien, j'avance que nous irons peut-être à San Francisco. Pourquoi San Francisco, une destination qui m'est venue comme ça. Ghislain nous annonce qu'il se rendra peut-être en France. Il a encore des amis dans le Gers, non loin d'Auch. Nous savons tous qu'il ne partira pas. Mais il continue sur sa lancée. Savions-nous qu'il avait jadis failli faire l'acquisition d'une fermette dans le Sud-Ouest, à quelques kilomètres de Tarbes? Mais où va-t-il chercher tout ça? Si cela était vrai, il y a longtemps qu'il nous aurait bassinés avec cette histoire.

Cette idée l'inspire. Il en aura bien pour une quinzaine de minutes. Seule Marie-Paule l'écoute. Annie et Luc se sont de nouveau mis en retrait, je suis sûr qu'il la caresse, elle le regarde en souriant d'une manière qui ne trompe pas. Comment expliquer que tout à coup la perspective d'un voyage en compagnie de Valéria s'impose à moi?

Tout à l'heure, Ghislain m'a glissé : comment Valéria fait-elle pour vivre avec un éteignoir dans ton genre ? Ce n'est pas la première fois qu'il me la sert, celle-là. En général, c'est après le deuxième cognac, en fin de soirée. Sa remarque tombait à point. J'ai déjà décidé d'être plus présent, de ne plus me retirer dans mon bureau que par nécessité. Valéria ne m'en a jamais fait le reproche, mais elle doit souffrir de ma vie de presque reclus. Les quelques fois où j'ai tenté d'aborder le sujet, elle a tourné le problème à la blague. Mon mari est mon somnifère, comme je manque de sommeil, tout va. Crois-tu que je vivrais cinq minutes avec Ghislain ? Lequel revient à la charge. Il profite de ce que Marie-Paule désespère de pouvoir lire le message du *fortune cookie,* écrit trop finement selon elle, mets tes lunettes, lui suggère Annie, il profite de cette diversion pour me dire qu'il serait idiot de laisser passer les années, il me répète que j'ai de la chance de vivre avec une femme comme Valéria. J'en conviens aisément, mais je n'ai pas besoin de son avis. Puisqu'il est entendu qu'à partir de maintenant je serai un conjoint plus qu'attentif. Mais qu'est-ce que tu as, Yves ? me demande Marie-Paule. Nous échangeons quelques propos. Une jolie femme, Marie-Paule, assurément. Elle porte très bien sa soixantaine, ses ridules, on les oublie aisément. Plus attachante à mon sens que la petite Annie dont il me semble qu'elle vieillira mal. Ce n'est certes pas ce que pense Luc. J'écrirais volontiers une nouvelle dont ils seraient les personnages. Combien de temps durera leur petite intrigue ? Je me connais, je serais incapable de décrire avec justesse la naissance de cet amour, à supposer que ce soit le cas. Je ne dépeins avec conviction que les histoires ratées. Ghislain a raison, je suis un éteignoir.

Marie-Paule

Je connais assez Ghislain pour savoir qu'il attend encore un appel de son Éliane. Je l'imagine très bien lui dire que nous sommes tout à fait fréquentables, ajouter qu'Annie a à peu près son âge, que Luc est drôle à mourir et qu'Yves n'a rien de l'image que les journaux donnent de lui. Quand il a une idée en tête, tout lui est bon. Pour l'instant, il raconte comment il a fait la connaissance d'Yves. Il me l'a tellement raconté, celle-là, que je pourrais la dire à sa place. Eh bien, non, il apporte quelques modifications. Ce n'était donc pas dans un studio de radio où il interprétait un rôle dans une dramatique de Dubé ? C'était, dit-il, à la première d'un film dont Yves aurait écrit les dialogues. Yves ne bronche pas. Il a pourtant affirmé il y a à peu près une heure que *Cette peine indéfinissable* était le seul film auquel il ait jamais contribué.

Il s'en fout. À quoi pense-t-il? À ses cours probablement. À qui pense-t-il? À Valéria? J'en serais étonnée, notre romancier de l'amour n'est pas un romantique. Il n'a pris qu'une bouchée ou deux de son général Tao, n'a presque pas bu. Pense-t-il vraiment ce qu'il m'a dit tout à l'heure, que l'amour dans un couple dure rarement plus de deux ans et que la tendresse qui le remplace vaut tout autant? Le spectacle d'Annie et de Luc l'a-t-il inspiré? À moins qu'il ne s'agisse que de la nostalgie de moments qui ne reviendront pas. Elle est réussie, notre réunion, nous fêtons quoi au juste? Notre passé qui s'effrite et que nous tentons de reconstruire à la façon de Ghislain, c'est-à-dire en mêlant tout? Quand Marcel m'a souhaité bonne soirée, probablement heureux de la liberté que je lui offrais, il jubilait. Cigare, la fenêtre du living étant ouverte, cognac, musique de Vivaldi ou de Haendel, pour lui le bonheur. Tu vas t'ennuyer, comme la dernière fois, comme la fois qui l'a précédée, pourquoi tu ne lui dis pas à ton vieux chnoque que le temps des retrouvailles est terminé? Qu'il est lui-même fini? Marcel devrait savoir qu'il perd son temps. Jamais je ne renoncerai à Ghislain. Quand je le vois peiner à manier les baguettes, laisser tomber des grains de riz sur sa veste, je me retiens pour ne pas réparer les dégâts, un peu plus et je lui recommanderais de se servir des fourchettes auxquelles il est habitué. Je n'ai jamais cessé d'avoir de l'attachement pour lui. Il a besoin de moi alors que Marcel, si plein de prévenances pour moi, vivrait en célibataire sans tellement s'apercevoir de mon absence. Au mieux, je lui servirais de divertissement. Dans notre couple, il ne se passe plus rien. Nos sens n'ont plus les mêmes exigences. Rien ne me permettrait de croire qu'il a une liaison. Irions-nous encore au lit si je n'en prenais pas l'initiative? Avec Ghislain, le rythme était différent. Pourtant, Marcel est un bien meilleur amant que lui. Tout se passe comme si le désir ne lui venait qu'à de rares intervalles. Dans ces moments-là, il n'a pas cet air satisfait que j'ai rencontré chez la plupart des hommes que j'ai connus. Comme s'il s'excusait d'avoir joui. Ghislain, lui, ne s'est jamais excusé de prendre du plaisir. Vers la fin de notre couple, quand il commençait à connaître des ennuis côté performance, il n'en continuait pas moins de se pavaner. Un pénis en érection, on comprend. Mais au repos quand il est évident qu'il ne pourra prendre de la vigueur qu'après un temps de plus en plus long, vraiment une misère. Même dans ces moments, Ghislain aimait se promener nu dans la chambre après l'amour. Alors qu'habituellement les hommes succombent au sommeil, se versent un verre de scotch ou passent sous la douche, lui pérorait. Te souviens-tu, Marie-Paule, de notre voyage à Barcelone, la petite marchande de fleurs qui te prenait pour une Américaine et te parlait de Bush ? Difficile de l'oublier, il évoque ce souvenir dès qu'il a pris un verre. Ce soir, qu'est-ce qu'il a trouvé à nous dire que nous ne connaissions pas par cœur ? Ses histoires n'ont rien d'inédit pour moi, mais j'aime les entendre. Si les romans d'Yves avaient la moitié de ce charme, je les lirais et les relirais avec plaisir. La dernière fois que je me suis aventurée dans son univers, le désastre. Est-ce parce que je ne suis pas encore sortie de l'emprise de Ghislain ? Il m'arrive de le penser. Si je ne craignais pas d'indisposer Marcel, je proposerais bien à Ghislain d'aller terminer la soirée chez lui.

Luc

Je me demande si je n'ai pas été un peu impru-
dent. Annie, je la connais à peine. Elle est peut-être
de ces femmes qui s'enflamment trop rapidement.
Mais qui a décidé d'attaquer ? Pour une fois, je ne
suis pas sûr d'avoir osé le premier. Ma main sur
sa cuisse, d'accord. Mais Annie n'a rien d'une
Madame de Rênal. Elle n'a pas repoussé ma main.
Au contraire, elle l'a guidée et étreinte. Nous
n'avons pas tardé à nous isoler. De temps à autre, je
souriais à Marie-Paule, de temps à autre, Annie
posait une question à Yves. Elle vient de me proposer de finir la nuit à son appartement. Est-ce un
signe que j'ai la quarantaine craintive, il m'a sem-
blé qu'elle brûlait les étapes. J'aurais préféré la
connaître mieux avant d'aller chez elle. À vrai dire,
je ne suis pas tout à fait remis de ma dernière rupture. Anabelle, je l'aime bien. Et puis, pourquoi le

cacher, Annie me fait un peu peur. Elle voue à Ghislain un sentiment d'inimitié que je ne peux pas partager. Je n'ai pas très bien compris, elle parlait si bas et le garçon est venu remplir nos verres à ce moment précis. Ghislain se serait compromis dans une affaire gênante. Il aurait abandonné femme et enfant. J'ai protesté faiblement, je ne voulais surtout pas que Ghislain m'entende. Je ne crois pas Annie. Pourquoi se serait-il conduit de façon aussi abjecte, lui que j'ai connu plutôt généreux ? Je peux en témoigner, il m'a souvent aidé. J'ai des preuves, m'a chuchoté Annie. Elle a même l'intention de rencontrer Lucie, celle qui serait la fille de Ghislain. Mais pourquoi alors Annie a-t-elle accepté de participer à notre souper ? N'aurait-elle pas mieux fait de déclarer forfait ? Elle me répond que dans ce cas nous n'aurions pas pu nous rencontrer. C'est alors que Marie-Paule est intervenue. Elle a raison, nous faisons bande à part. Il y a eu tout à l'heure des éclats de voix, un client éméché trouvait à redire au sujet de l'addition qu'on lui avait remise. Annie me dit qu'on se reparlera de cette affaire, elle demande à Marie-Paule des nouvelles de Marcel, que pourtant elle connaît à peine.

S'il fallait que toutes les femmes que Ghislain a connues se dressent en accusatrices, on aurait tout un spectacle. Vers la cinquantaine, m'a-t-il déjà confié, il a exagéré. J'étais léger à l'époque, m'a-t-il dit au téléphone il y a au moins deux ans, un soir où il broyait du noir. Il craignait d'avoir causé trop de chagrin autour de lui. Puis, ça me revient, ne m'a-t-il pas déjà parlé de son regret de ne pas être père ? Il avait les larmes aux yeux, je me souviens très bien. Annie me dira probablement, quand je lui en parlerai, que Ghislain joue toujours un peu la comédie et qu'il interprétait ce soir-là le rôle d'un personnage touchant. Ton Ghislain, me répétera-t-elle sûrement, est un salaud.

Yves tente de capter mon attention. La première fois qu'il m'adresse la parole. Que me vaut cet intérêt soudain ? Annie promène sa main sur ma cuisse. Il me demande si j'ai vu le dernier Almodóvar. Je l'avais oublié, il me rappelle que nous nous sommes déjà croisés à la sortie d'un cinéma où on avait projeté *La Mauvaise Éducation*. *La Peau que j'habite*, oui, j'ai vu. Il s'ensuit une série de commentaires d'Yves au sujet du cinéaste et du cinéma en général. Marie-Paule paraît ravie, enfin un sujet qui rallie tout le monde. Dans l'enthousiasme, Ghislain commande une autre bouteille de muscadet. Yves découvre soudainement qu'il a la migraine, ajoute qu'il a déjà trop bu. Marie-Paule annonce qu'elle n'en peut plus d'assister à des films réalisés par des pédés. Annie lui signale qu'il y a justement à la table voisine des gais et qu'elle ferait mieux de baisser le ton.

Tu serais capable d'un geste comme celui-là? me demande Annie, qui semble oublier que nous ne sommes pas seuls. Pourquoi n'ai-je pas repris la piste Almodóvar? Je réponds que je n'en sais rien puisque selon toute vraisemblance je n'ai pas procréé. Elle me jette un coup d'œil complice. Aucun doute, je ne lui suis pas indifférent. Pourvu qu'elle ne s'enflamme pas. Vivement que l'on trouve un autre sujet de conversation qui intéresse tout le monde. Ne pas compter sur Yves, il a déjà donné. De but en blanc, je demande si on a suivi un procès dont les journaux se nourrissent ces jours-ci. Les crimes d'honneur, dit Ghislain, m'ont toujours indifféré. Des relents de barbarie, affirme Marie-Paule en fixant une de ses boucles d'oreilles qui vient de se détacher. Quand nous serons rendus chez elle, Annie oubliera-t-elle cette histoire de paternité non assumée? Un traitement de canal, voilà ce qu'il me faudrait. Je ne peux plus compter sur Ghislain pour m'allonger la somme. T'inquiète pas, m'a dit Annie tout à l'heure, l'argent, ça se trouve.

Ghislain

Tout compte fait, ce souper, ce n'était pas une mauvaise idée. Il y a bien Yves qui baye aux corneilles. Que faudrait-il trouver pour le dérider, celui-là ? Mais au moins, il ne fait pas la gueule. Si Marie-Paule ne le relançait pas de temps à autre, il ne desserrerait pas les lèvres. Mais comment peut-il tirer son épingle du jeu à l'université ? Ses étudiants, il doit quand même leur parler un peu. De toute évidence, il ne nous trouve pas à la hauteur. Que veux-tu, je suis timide, dit-il, dès qu'on essaie de l'animer. Seul à seul, une autre histoire. Il peut devenir intarissable. À plusieurs reprises, ce soir, Marie-Paule a eu beau lui parler d'écrivains qu'il aime et sur lesquels il a écrit, Stendhal, Cioran, Buzzati, il s'est contenté d'une phrase ou deux prononcées comme par distraction. Qui est prof, qui affronte des classes, Marie-Paule ou lui ? Le cognac aidant, il peut se laisser aller aux confidences. Je ne vais quand même pas lui offrir une fine champagne. D'ailleurs il n'y en a pas au Dragon Orange. De toute évidence le muscadet ne l'inspire pas. Il a la migraine, le pauvre, il boit trop d'eau. Quand il a un peu consommé, il parle de Valéria la plupart du temps, de la vie de couple, de l'enfant qu'ils n'ont pas eu. Pauvre Valéria, elle qui paraît si avide de bonheur. J'ai eu d'autres amis dans son genre. Devenus veufs, ils sont inconsolables. Yves, tu laisses passer ta vie sans la vivre tout à fait. Tu crois l'emprisonner, la vie, en écrivant des livres que de moins en moins de gens lisent, tu perds ton temps. Voilà ce que je lui dirais si j'avais la franchise que j'ai déjà eue. Je me contente d'une remarque, d'un conseil, qu'il ne prendra pas en compte. Au moins ai-je encore la conviction que l'eau-de-vie et l'amitié font bon ménage. Commander le cognac bas de gamme qui doit sûrement se trouver au bar ne serait pas un geste raisonnable. Par rapport aux agapes que j'organisais jadis, j'ai présidé ce soir un maigre festin. L'addition, je la réglerai sans qu'il y paraisse, mais n'aurait-il pas été préférable que je m'en tienne à mon train de vie habituel ? J'ai beau vivre à l'économie, prendre la plupart de mes repas à l'appartement, je ne boucle pas mon budget. Au diable l'avarice ! disait une comédienne lyonnaise dont je n'ai pas eu de nouvelles depuis des lustres. Je laisserai au moins assez d'argent pour qu'on m'incinère. Qui se chargera de cette tâche, justement ? Marie-Paule, j'imagine. J'ai longtemps rêvé qu'on répande mes cendres dans le Saint-Laurent à la hauteur de Sainte-Flavie. C'est là que vers 1950 j'ai connu ma plus belle histoire d'amour. J'avais à peine vingt ans, la fille était superbe, nous rêvions de théâtre, nous avions tenu chacun quelques petits rôles. Elle était originaire du coin, nous avions dormi dans le lit de ses parents, absents pour je ne sais plus quelle raison. Belle, Sylvie l'était magnifiquement. En ce temps-là, je ne doutais de rien, certes pas du plaisir que je pouvais donner et recevoir. Je ne suis pas sûr du tout du pouvoir d'enchantement du passé. D'avoir été heureux ne fait paraître que moins supportable la morbidité du présent. Sylvie vit-elle encore, a-t-elle conservé une parcelle de cette beauté qu'elle avait ? Impossible de la retrouver, elle s'est retirée du métier très tôt, ayant épousé un architecte dont on ne parle plus depuis longtemps. De toute manière, l'expérience m'a démontré qu'il ne faut pas retourner en arrière. Tout cela est bien fini. Éliane a préféré s'abstenir. Je la comprends. Il est impossible qu'elle ne craigne pas un peu la vision de la vie que je peux lui offrir. Je suis d'un monde qui agonise. Qu'a-t-elle pensé quand elle a vu sur son afficheur que je l'avais appelée? Elle pouvait au moins se douter que je voulais l'inviter à ce souper dont je lui avais parlé la veille. A-t-elle jugé que je perdais la tête, que je m'imaginais des choses? A-t-elle cru que je pouvais être blessé de son refus? Ou tout simplement s'est-elle dit que je finirais par comprendre que j'étais hors du coup? Annie et Luc ne peuvent pas savoir à quel point je les envie. Il n'y a rien de plus important dans une vie que ce moment où vous sentez qu'une femme s'apprête à connaître l'amour en votre compagnie. Les sourires d'Annie m'en ont rappelé d'autres qui m'étaient destinés, ses regards, leurs caresses, rien ne m'a échappé. Pour un peu, je leur aurais dit de nous abandonner, nous, les vieux. Il n'y a plus que Marie-Paule avec qui je peux parler sans contraintes de sujets de ce genre. Elle demeurera ma complice jusqu'à la fin. Ce soir, évidemment, il n'en est pas question. La semaine prochaine, surtout si Marcel fait un saut à New York, comme cela a été évoqué, nous trouverons bien un moment. Yves et Marie-Paule n'ignorent presque rien de moi. La différence, c'est que seule Marie-Paule semble m'approuver. Aucune femme ne m'a donné à ce point l'assurance d'être une alliée. Plus qu'à l'époque où tu me désirais, dit-elle parfois. Je ne la démens pas, je ne rêve plus tellement à son corps, je ne crois plus qu'il serait souhaitable de m'abreuver à ses seins. Il y a longtemps que je me suis aperçu que cette femme m'était nécessaire. Quelle mouche m'a piqué de rompre avec elle pour m'afficher avec une gourgandine qui croyait que j'étais cousu d'or? Quand elle s'est aperçue, celle-là, que j'étais plutôt couvert de dettes, elle s'est envolée. Tant d'années après, suis-je plus raisonnable? Aller m'imaginer qu'Éliane pourrait trouver intéressant d'être à mes côtés dans une réunion d'anciens copains. Rien ne me dit non plus qu'il n'y a pas un homme dans sa vie, quelqu'un de son âge avec qui elle peut être elle-même, rire, s'enthousiasmer.

Marie-Paule ne m'a pas envoyé paître lorsque, six mois après notre rupture, je lui ai fait signe. Elle m'a écouté, cherchant à me consoler de ma mésaventure, s'appliquant à dédramatiser mon échec. Quand j'essayais d'être un peu trop tendre, elle me repoussait gentiment. Marcel, me disait-elle, je ne voudrais pour rien au monde lui faire de la peine. Nous avons eu notre chance, disait-elle aussi, notre histoire a fait son temps. Soyons heureux qu'elle ait existé. N'est-ce pas, Ghislain, que nous avons été heureux pendant au moins trois ans? Trois ans, c'est énorme, non? Rares sont les gens qui ont connu cette félicité. C'est ce genre de conversation que j'aimerais avoir en ce moment précis. Luc raconte qu'il ne va plus au théâtre. Mais pourquoi donc, qu'est-ce qui peut le détourner de l'habitude qu'il avait de ne rater aucune pièce ? Il pourrait invoquer le manque de moyens, il insiste plutôt sur la banalité des mises en scène. Yves rappelle une fois de plus qu'il ne sort jamais le soir depuis bon nombre d'années. Annie proclame qu'elle préfère le cinéma. Pendant que le garçon apporte la carte des desserts, je me demande si j'ai eu raison de faire croire à Éliane qu'elle avait du talent. À mon sens, elle est meilleure journaliste que comédienne. Pas de dessert pour moi, un thé plutôt.

Minuit

Marie-Paule

Quand je suis rentrée vers dix heures et demie, Marcel était déjà au lit. Seules une paire de chaussettes sales et une faible odeur de tabac me rappelaient sa présence. Il n'est pas du genre à laisser une note dans laquelle il me dirait qu'il m'aime en s'excusant de ne pas m'avoir attendue. Ghislain le faisait à tout propos. Je n'aurais pas détesté lui parler. L'entendre ronfler m'apporte un certain sentiment de sécurité. Je passerai la nuit sur le divan. C'est sur ce canapé que je m'allonge les nuits de bouderie. Pour le moment, je n'ai vraiment pas sommeil. J'allume la télévision, l'éteins. Je n'ai pas encore regardé le DVD que Ghislain m'a recommandé. Un film québécois dans lequel il tient un rôle purement épisodique. Du film je n'ai rien su sauf qu'il est sorti en salle le jour où Ghislain m'apprenait qu'il me quittait. Je n'aurais qu'à glisser le disque dans le lecteur, mais je n'en ai pas le goût. Je ne retourne pas toujours impunément vers certains éléments de mon passé. *Souvenirs* n'a rien d'un film marquant. Il s'agirait d'un chef-d'œuvre que, ce soir, je m'en priverais. Sur le plateau de tournage, Marion l'accompagnait. Pourquoi en ai-je tant voulu à cette fille alors que j'avais été si tolérante jusqu'alors ? Je me suis souvent posé la question. Une seule explication : je perdais graduellement mon assurance. J'approchais de la cinquantaine, je sentais que Ghislain m'échappait. Ghislain, le seul homme que j'aurai aimé. Pendant tout le repas je n'ai pas cessé de l'observer. Il a encore belle allure. Les rides sont plus prononcées, la démarche est parfois hésitante. Pour la première fois, j'ai remarqué qu'il faisait un peu de ventre. Très peu. À côté de lui, Marcel serait presque obèse. Je voudrais tellement que Ghislain ait une vieillesse plus sereine. Heureux, ce ne serait pas possible. Il a toujours cherché à plaire, comment peut-il se satisfaire du désert qui l'entoure ? La petite comédienne, cette Éliane que nous avons failli connaître, ne peut pas savoir à quel point il avait pu nous conquérir par sa seule présence. Il n'avait qu'à paraître et le charme opérait. Quand une femme lui plaisait, la partie était presque toujours gagnée. Ce soir, même avec les garçons du service, il jouait la séduction à fond. Un peu cérémonieux évidemment, mais on ne lui refusait rien. Même le maître d'hôtel qui avait été si sec au téléphone était plus que coulant avec lui. Pourtant, nous n'étions que des clients très raisonnables, consommant peu. À part Luc qui vers la fin ne se retenait plus tellement, aucun abus. Dire qu'à l'époque Ghislain pouvait vider à lui seul une bouteille de Châteauneuf-du-Pape et clore la soirée avec deux ou trois cognacs. Immanquablement, il se mettait à imiter Pierre Brasseur ou Albert Millaire, nous laissant deviner le nom du comédien dont il caricaturait les tics. Voir *Souvenirs* ne me dit vraiment rien. C'est à lui que je voudrais parler. Mais tu viens de le voir, me dirait sûrement Marcel s'il n'était pas si profondément endormi. Quand il a aperçu le DVD tout près du *Guide Michelin* de la France sur la table carrée du salon, il n'a pas manqué de me taquiner. Ton héros, tu pourras le regarder à ton aise, rêver d'aller avec lui en voyage. Nulle méchanceté dans cette allusion. Marcel n'a jamais pris ombrage du souvenir que je garde de ma vie avec Ghislain. Il doit se douter qu'il y a des jours où je ne tolérerais pas d'avoir Ghislain à portée de voix. Il m'a fait souffrir plus souvent qu'à son tour, je crois avoir décelé toutes ses ruses, ses mises en scène ne me fascinent plus. Je repense à ses stratagèmes et je les trouve pitoyables la plupart du temps. À d'autres moments, j'aurais besoin de sa présence. Je l'ai vu pendant plus de trois heures, je l'ai épié. Pourtant, c'est avec lui que je voudrais parler maintenant. Jamais un homme ne m'a paru aussi attachant. Même quand il cède de façon exagérée à son besoin de briller, il m'attendrit. Je supporterais bien qu'il me parle de ce que la vie lui a apporté, de son amour du théâtre et des gens qu'on y rencontre. Je me fous de la justesse de ses conceptions, il déraille souvent, il mêle tout, bouscule la chronologie. Sa démarche n'a rien de rigoureux, certes non. Il n'a jamais caché qu'il a cherché la popularité immédiate plutôt que de s'épuiser à approfondir son métier, mais c'est ainsi qu'il m'est tout de suite apparu. C'est ainsi que je l'ai aimé. Il serait devant moi, me ferait les aveux les plus troublants, me regarderait dans les yeux avec cette candeur à moitié feinte. Je n'en demanderais pas plus. Il n'aurait pas à insister beaucoup pour que je le câline. Il n'est pas si fréquent que l'on rencontre un homme qui ait cette sensibilité à fleur de peau. Ce soir, j'ai cru reconnaître une bête blessée. Allez savoir pourquoi, j'ai pensé à ces animaux de compagnie que l'on voit dans les animaleries, qui semblent vous supplier de les adopter.

C'est vraiment à lui que je voudrais parler

en ce moment. J'oserais lui toucher un mot de ce supposé abandon. Peut-être est-ce vrai, peut-être s'est-il mal comporté. Annie ne pourra jamais comprendre qu'aucune vie n'est exempte de petites et grandes lâchetés. Mais Ghislain goujat, non, je ne peux l'imaginer. Il me fournirait une explication, exagérerait ses torts tout en me demandant une sorte de pardon, que je lui accorderais.

Luc

Nous étions à peine montés dans le taxi qu'Annie entreprenait de me parler sans retenue de Ghislain. De vive voix cette fois, sans se préoccuper de la présence du chauffeur qui n'a dû rien perdre de ses paroles. Ce qu'elle avait appris cet après-midi confirmait ce qu'elle savait vaguement. Son père lui avait dit que Ghislain n'avait pas toujours eu une conduite exemplaire avec les femmes. Je l'écoutais sans rien dire. Protester ? Elle ne m'aurait pas entendu. Je ne voulais surtout pas qu'elle hausse le ton. Déjà que j'avais surpris un sourire de l'Algérien qui conduisait de façon si abrupte. Il ignorait sans doute qui était ce Ghislain Lemire qu'Annie calomniait de si belle façon, n'empêche. Il y avait aussi le montant de la course que je devrais payer. À un moment, j'ai cru que les quarante dollars de Tommy n'y suffiraient pas. Tout au long du trajet, Annie se tenait près de moi. J'avais de plus en plus besoin de la caresser. Je la désirais, elle était loin de paraître insensible à mes avances. Je l'ai embrassée plusieurs fois, tant pis si l'Algérien pouvait nous voir. La main d'Annie sur ma verge me faisait tout oublier. Ghislain s'était peut-être conduit en mufle, nous y verrions plus tard. Pour l'heure, jouir de ce que m'apportait le présent, jouir de ma bite qui gonflait. Je ne pensais même pas à la panique qui souvent s'empare de moi la première fois où je vais au lit avec une femme. Surtout que j'avais un peu bu. Tu bois souvent comme ça ? me demande justement Annie. Je réponds que, ce soir, j'ai un peu dépassé la mesure, mais que ça ne m'arrive presque jamais. Je ne vais quand même pas lui avouer que depuis quelques mois je bois seul. Elle ne comprendrait probablement pas. Et puis, elle a déjà donné, son père avait une bonne descente, un instable que l'alcool dérangeait. Non, Annie n'aimerait pas que je sois un boit-sans-soif. Ce soir, elle semble pencher pour la sobriété. N'estime-t-elle pas que Ghislain a lui aussi un peu trop trinqué ? Elle a un joli corps, Annie. Un beau petit cul, des jambes un peu courtes, est-ce ma faute si les jambes de danseuses me rendent fou ? Il y a des semaines que je n'ai pas fait l'amour. Je suis en manque, comme le disait Ghislain à l'époque du film. *Cette peine indéfinissable,* mauvais titre, surtout si on vise le succès commercial. Ghislain n'a jamais prétendu à autre chose. Il voulait que le cinéma lui rapporte des sous. Une déception pour lui, le film n'a pas fait recette.

Je suis étendu dans le lit d'Annie, je suis nu. Il fait un peu froid dans l'appart, j'ai tiré la couverture sur moi. Annie vient de se lever d'un coup sec. Pipi, m'a-t-elle lancé en guise d'explication. Elle vient de me dire qu'elle n'a jamais autant joui. Chose agréable à entendre. Mais je n'en crois rien. Les filles ont souvent des commentaires de ce genre. Je sais que je ne suis pas un mauvais baiseur. Délicat, préoccupé du plaisir de l'autre, je veux bien. Les préalables, ça me connaît, je suis d'une patience étonnante. Avec Annie, je n'ai pas eu à l'exercer, cette patience. Ce qui ne nuit pas, elle adore faire l'amour, le dit, le prouve. La voici qui revient. Vraiment, une merveille. Ses jambes sont plus longues, plus effilées que je ne me l'étais imaginé. Au restaurant, je ne m'étais pas rendu compte du corps qu'elle a. La première fois que je l'ai rencontrée, elle accompagnait son père à un tournage. Qu'est-ce que je faisais là? Assistant régisseur ou garçon de courses, je ne me souviens plus. Je l'ai à peine remarquée, elle devait avoir seize ou dix-sept ans. Elle me paraissait fade, un peu bégueule même, jupe écossaise, lunettes, dents renforcées. Qui aurait pu dire qu'elle deviendrait cette merveille? J'avais raison de trouver qu'elle avait mis un temps fou à se soulager. Elle nous a préparé une petite collation, des crackers, une part de brie, un beignet, du jus d'orange. J'ai toujours faim quand je fais l'amour, dit-elle, et toi? Je réponds que non, je n'ai pas du tout faim. J'ai trop bu et le poulet aux amandes était trop épicé. Tu fais ce que tu veux, dit-elle, moi j'ai faim. Elle s'allonge à mes côtés, n'entre pas sous la couverture. J'ai chaud, tu ne trouves pas qu'il fait chaud ici? Elle a de beaux seins, fermes, des seins en poire comme je les aime, le tétin brun très foncé. Je les ai pétris tout à l'heure. Elle guide ma main, me laisse les caresser. Tenant un beignet à la crème entre ses deux doigts, elle me demande à quel âge j'ai fait l'amour pour la première fois. Je mens un peu, histoire de ne pas avoir l'air prude. Je n'ai pas été précoce en ce domaine. Et toi? Elle hésite un peu, finit par dire qu'elle a connu l'amour la première fois avec une copine au cégep. Je ne la crois pas. Elle s'en aperçoit, se hâte d'ajouter qu'elle n'a pas recommencé. Je n'avais rien d'une lesbienne, je voulais tenter l'expérience, c'est tout. En doutes-tu, ce sont les hommes qui m'intéressent. Elle m'attire vers elle. Il y a un peu de crème sur sa lèvre supérieure. J'aurais bien aimé

me reposer encore un peu. Je crains d'avoir la nau-
sée, mais puisqu'elle se penche vers moi, que ses
seins me frôlent, il n'est pas question de résister. Ne
refuse jamais une occasion de jouir, m'a toujours
conseillé Ghislain, dis-toi toujours que la chance
pourrait ne pas se représenter de nouveau.

Annie

J'espère qu'il passera la nuit ici. S'il décidait de partir avant la fin de la nuit, j'en serais contrariée. Un étrange garçon, le petit Luc, comme l'appelle Ghislain, mais il m'attire. Je me suis sentie obligée de lui dire que, d'habitude, je ne cède pas aussi facilement. Qu'est-ce qui m'a pris de me justifier de la sorte ? Par certains côtés, je suis aussi vieux jeu que Marie-Paule. Comme si je croyais qu'il n'est pas normal qu'une fille tende un piège à un garçon. C'est moi qui ai parti le bal. Curieusement, Tommy en est la cause. Pendant qu'il me bassinait, qu'il m'assiégeait avec son laïus interminable sur les peintres québécois, victimes selon lui des marchands d'art new-yorkais, me barbant au-delà de tout ce qui est imaginable, le vide de ma vie m'a sauté aux yeux. Des mois sans présence masculine. Pour moi, du jamais vu. Et pour la première fois depuis longtemps, personne à qui j'aurais pu songer pour combler cette absence. Dès le départ de Tommy, je me suis dit qu'il me fallait quelqu'un. Et puisque Luc serait présent à ce souper, pourquoi pas lui? Je le connaissais un peu, je le savais plutôt beau gars, gentil, libre. Tous les hommes sont un peu libres, non? Je ne suis pas du genre à tenter de supplanter une rivale, je préfère les hommes sans attaches, mais dans l'état qui est le mien, quelle importance? Luc m'a rapidement indiqué que je ne lui étais pas indifférente, ses sourires, son insistance au début à me poser des questions sur à peu près tout. Toutes les occasions lui étaient bonnes pour me toucher. À ma première initiative, son emballement a été perceptible. Nous étions sur la même longueur d'onde. Annie, me suis-je dit, l'affaire est dans le sac! Ce que je l'aurais embrassé lorsqu'il faisait semblant de s'intéresser aux propos de Marie-Paule tout en ayant en tête, j'en suis sûre, l'aventure qui prenait naissance entre nous. Je n'ai pas tardé à tout aimer de lui, sa voix, son sourire, ses hésitations. À peine pouvais-je lui reprocher une diction un peu molle, les mots presque escamotés. On n'est pas fille de comédien impunément. Depuis un bon moment, je ne les remarque même plus, ses accrocs à la diction. Je pense que je suis amoureuse. Luc est pourtant mon opposé sur plusieurs points. Il ne travaille pas depuis des mois et ne semble pas tellement s'en inquiéter. Comment il fait? Je ne saurais m'accommoder de cette nonchalance. Annie, tu t'emballes, il ne t'a rien proposé. La vie avec lui serait plutôt cahoteuse, très rock-and-roll, dirait-il. Ghislain aussi emploie l'expression quand il oublie qu'il n'est pas en représentation. L'air qu'il avait, celui-là, quand je lui ai lancé à la sortie du restaurant : il y a longtemps que tu as vu Lucie? Il m'aurait répondu Lucie qui? que je n'aurais pas été étonnée. Croyant l'excuser, Marie-Paule a dit qu'il avait toujours vécu dans l'instant. Il n'aurait pas oublié, certes, mais le passé ne lui reviendrait que par bribes. Pour elle, il est impossible que Ghislain ait eu une conduite de ce genre. Je n'en suis pas convaincue. Il y a un homme nu à mes côtés, nous nous désirons. Le passé de Ghislain, j'y reviendrai. Après tout, j'étais encore bébé quand Marjolaine a eu son enfant. Peut-être avait-elle tout fait pour tomber enceinte. Nickie non plus ne l'a pas connue. Lucie, je finirai bien par la rencontrer. Si elle ment, si elle veut faire l'intéressante, je la démasquerai.

Pour l'instant, mon amoureux s'est endormi. Pas étonnant avec le muscadet qu'il a bu. Je viens de remonter la couverture de laine sur son torse. Très velu, le torse, les épaules plutôt frêles, les veines du cou très bleues. Ne voilà-t-il pas qu'il sourit. Un rêve agréable sans doute. J'aime penser que j'en fais partie. Elle n'était pas mal, notre entente pendant ces premières étreintes. J'ai joui comme jamais. J'ai aimé sa délicatesse, ses câlineries. Puis, dans le déferlement de sa puissance, une douceur qui m'a plu. Je ne lui ai pas avoué que mon expérience dans le domaine est plutôt limitée. Les filles de mon âge, du moins celles que je connais, en savent plus long que moi. Qu'en est-il de Luc? Nous n'en sommes pas encore aux confidences de ce genre. Les hommes de toute manière jouent tous un jeu en la matière. Cependant, Luc n'est pas du genre à se vanter de ses exploits. Je le reverrais avec plaisir. Mais lui? Je suis un peu bohème, m'a-t-il dit tout à l'heure. Ce qui ne l'empêche pas de se rendre compte du passage du temps. Il a seulement quarante-deux ans et se sent vieux. Presque autant que la plupart des personnages qu'Yves dépeint dans ses romans. Luc m'a aussi dit, il faut que je me range, mais sur un ton si peu convaincu que je ne l'ai cru qu'à demi. Qu'entend-il par se ranger? Avoir un véritable travail, fonder un foyer, comme dit Marie-Paule, quand elle parle à la façon d'une bourgeoise, avoir des enfants, est-ce que je sais? Une chose est certaine, je n'ai pas du tout l'intention de finir comme elle. Les unions de raison, très peu pour moi. Yves et Valéria, on ne sait pas tout à fait comment ils se débrouillent avec leur couple, mais je veux davantage. Vraiment un beau gars, ce Luc, je souhaiterais que l'enfant que je finirai par avoir lui ressemble. Permets-moi de m'allonger auprès de toi, petit Luc. Oui, il faut que je le revoie. Un intervalle de quelques mois dans ma vie. Il sera toujours temps de m'appliquer à trouver un compagnon plus stable.

Yves

Depuis plusieurs années, je ne sors plus le soir. Rarement au théâtre ou à un concert. Si Ghislain insiste, j'obtempère. J'ai toujours eu un faible pour nos faux dialogues. Lui aussi est devenu plus raisonnable. Je ne rentre jamais très tard. Valéria est là pour m'accueillir. Nous pouvons alors parler pendant une heure ou même davantage. Comme si nous avions craint que l'autre n'ait décidé de rompre. Vous ne vous quittez pas, me dit Ghislain, c'est malsain. Il faut se faire rare, du moins de temps à autre. Avoue que tu en as assez parfois de la voir, tu en viens à t'imaginer qu'elle t'épie. C'est vrai, idiot, elle t'épie. L'amour a besoin de liberté. Pour aboutir à quoi, à ta solitude d'octogénaire, pourrais-je lui rétorquer. Mais je me tais.

Je me déchausse en prenant soin de ne pas laisser tomber mes godasses. En me dirigeant vers la cuisine, je trouve un message de Valéria. Elle m'apprend que nous n'aurons pas de visite ce week-end. Serge a la grippe. Je t'aime. Valéria ne déteste pas laisser des notes de ce genre. Ordinairement, elle se sert d'un aimant qu'elle pose sur le frigo. Une habitude qu'elle a prise dès l'enfance, m'a-t-elle dit. Si j'étais Ghislain, je la réveillerais pour lui raconter notre petit souper. Tu devrais la déranger, insiste-t-il, elle ne demande que ça, mais non, tu préfères jouer la carte de la délicatesse. Avec le résultat que la vie file, que tu laisses s'évanouir d'éventuels instants de bonheur. Marie-Paule me citait Montaigne, j'ai oublié comme tu le penses bien, mais il s'agissait du temps qui part et ne revient pas. Ils ont raison, tous les deux, le temps est notre seul bien. Je l'ai parfois perdu, ce temps, en ne vivant qu'à moitié. Si au moins j'avais écrit une œuvre forte. Je me suis contenté de romans gentillets qu'on a déjà commencé à oublier. Voudrais-je recréer ce souper qui vient de se terminer que je ne réussirais qu'à effleurer la réalité. Ghislain est en pleine sénilité. Il commence à comprendre que ce qu'il a tenu pour un accomplissement n'était au mieux qu'une façon de se laisser bercer par le temps. Non, je ne saurais dépeindre son échec, sa détresse.

Le frigo est presque vide. Valéria a dû m'expliquer que la femme de ménage a l'intention de le laver. Une fois de plus, j'aurai été distrait. Tu ne m'écoutes pas, me dit-elle souvent. Il reste tout de même une Heineken, que je m'empresse de décapsuler. Tu n'as jamais eu la tentation d'écrire des livres qui donneraient le goût de vivre à tes lecteurs? me demande souvent Ghislain. Ma réponse ne varie pas, je me contente de sourire. Si je suis en forme, j'imite Marie-Paule, je lui sers une citation. Ma favorite, de Léautaud qui parle de son mince enchantement de la vie. Comment puis-je oublier que la mort est au bout, que tout espoir est un leurre? C'est pour cette raison que j'écris, mon cher ami. Pour tenter d'oublier l'absurde de toute vie, je ne connais que deux échappatoires, l'amour et l'écriture. Je le crois de plus en plus même si je suis conscient de n'avoir été qu'un amoureux plutôt tiède et un écrivain à peine moyen. Je suis parvenu à un moment de ma vie où l'écriture ne m'apparaît plus comme une voie salvatrice. J'ai rendu ma copie le plus fidèlement possible, veillant à ne pas mentir. Rarement ai-je été tenté d'écrire pour plaire à un lecteur éventuel. On ne viendrait à moi que si on en avait le désir. Quelques travaux de commande exceptés, j'ai envisagé l'écriture comme une activité solitaire. Même Valéria n'entre pas dans cet aspect de mon travail. Au mieux, elle aura été une sorte d'égérie. Comme lectrice, elle est pourtant redoutable. Son jugement est très sûr, toujours à l'affût de la moindre faiblesse, du moindre relâchement. Il m'arrive même d'estimer qu'elle écrirait de meilleurs romans que les miens. Elle pourrait en tout cas mieux interpréter la vie. Je n'aurai été la plupart du temps que le spectateur désabusé d'un monde qui m'échappait. Il me suffit de voir Valéria s'animer pour devenir rapidement honteux de mon immobilisme. Laissé à moi-même, est-ce que je me rendrais encore à l'université? C'est elle qui m'incite à bouger, qui me rappelle que le farniente n'est pour moi que le meilleur chemin vers la désespérance. Et si tu te mettais à écrire au lieu de rêvasser? me dit-elle au moins une fois par mois. Selon elle, l'indifférence ou la sottise qui accueilleront peut-être mon prochain livre n'ont aucune importance. Au moins, j'aurais eu pendant quelques mois, un an ou deux, l'impression de retarder la marche du temps.

Elle dort tout à côté, celle qui m'accompagne depuis si longtemps. Combien d'années depuis cette fois où elle m'a souri lors d'un lancement? Je préfère n'y pas penser, croire que c'était hier. Histoire d'oublier que notre espérance de vie est peut-être comptée. Je n'aurai pas eu le même destin que Ghislain, j'aurai été nettement monogame. Ai-je vraiment suivi ma nature profonde ou ai-je été trop flemmard pour l'imiter ? Reprendre plusieurs fois la voie qui mène à l'amour, j'en aurais probablement été incapable. Tout à l'heure, la vue d'Annie et de Luc m'a troublé. Les intrigues amoureuses qui se nouent m'ont toujours touché. Comment accepter que je ne parvienne plus avec Valéria à la même intensité ? Mais tu rêves, imbécile, ne demande pas à l'amour qui dure les émerveillements d'une idylle naissante, dit Ghislain. Valéria m'a tout apporté, m'apporte tout, mais il y a des jours où je m'affranchirais de sa tendre domination. Je ne terminerai pas cette bière. Pousser doucement la porte de la chambre et la rejoindre, la belle endormie.

Ghislain

J'en suis venu à détester cet appartement. Je m'y
suis installé dans les mois qui ont suivi la rupture
avec Marie-Paule. Au début, il me servait de refuge.
Je n'ai pas tardé à le constater, depuis que Marie-
Paule s'est éloignée, ma vie amoureuse a été chao-
tique. Les courtes liaisons, je les ai recherchées,
quand il était encore évident qu'elle les tolérerait.
Comme me l'a souvent dit Yves, tu es aussi bourgeois que moi. À toi aussi il faut de la sécurité. Une
chose est certaine, ce soir, si Marie-Paule ne m'avait
pas indiqué clairement qu'elle souhaitait rentrer, je
lui aurais proposé de prendre un verre quelque
part. Comme à nos débuts, dans un bar d'hôtel.
Tout pour ne pas être seul. Je n'ai jamais vraiment
cru qu'Éliane viendrait nous retrouver au restaurant. Je tentais ma chance, voilà tout. Nous nous
connaissons si peu. Que pense-t-elle de moi? Peut-

être estime-t-elle que je fréquente des gens qui lui donneraient sa chance. Le milieu, je ne le connais plus tellement. Les amis se sont retirés ou sont morts. Je suis vieux, elle ne peut que s'en apercevoir. Quand à dessein je lui fais tenir des rôles d'amoureuse, je finis presque par m'imaginer que les paroles qu'elle prononce s'adressent à moi. Parfois, pas toujours évidemment, j'oublie que l'âge est venu. Il suffit que j'éprouve quelque difficulté à me lever d'un fauteuil, que je manque de perdre pied en descendant d'un escalier sans rampe pour que je me ressaisisse. En lui laissant un message plutôt que de lui en parler de vive voix, au fond que voulais-je sinon m'éviter l'affront d'un refus ? J'aurais pourtant bien aimé la présenter à mes amis, celle qu'Yves appelle déjà « ma protégée ». Évidemment, ils auraient fait des gorges chaudes, les amis, pour qui se prend-il, Ghislain, il veut nous prouver qu'il peut encore plaire ? Comment aurait réagi Marie-Paule ? Elle aurait commencé, j'en suis sûr, par être très critique à l'égard d'Éliane, analysant la petite sous tous les angles imaginables. Marie-Paule peut être féroce quand elle s'y met. Pourtant, Éliane aurait su la conquérir. Sur ce point au moins, je ne m'illusionne pas, Éliane a du charme. Mais quelle femme n'en a pas à mes yeux ?

Mon appartement est celui d'un vieux garçon. Hier, Mme Labrie m'en a fait la remarque, mon canapé est troué à deux endroits. Est-ce que je n'y aurais pas laissé traîner des ciseaux, par hasard ? Mais non, madame Labrie, il est tout simplement usé. J'ai dû l'acheter vers 1970. D'ailleurs, tout est vieux ici. Si j'en avais les moyens, je ferais repeindre l'appartement et j'enlèverais les photos, jaunies pour la plupart, qui tapissent deux des murs de la salle de séjour. Mais pourquoi voulez-vous les ôter ? m'a demandé Éliane. Elle ne peut pas comprendre que ces rappels du passé me font mal. Qu'est-ce qui m'a pris de les encadrer ou de les faire laminer ? Comme s'il y avait eu quelque chose à fêter. J'ai été un comédien qui a vécu de son métier, qui a connu des années plus glorieuses que d'autres, j'ai gagné ma vie sans trop de périodes creuses, rien de plus. Grand comédien, je n'ai jamais cru l'être. Je n'avais qu'à penser à des camarades autrement plus talentueux que moi, autrement plus travailleurs, que la chance avait négligés, pour me dire que je serais démasqué un jour. Au fond, c'est l'âge qui s'est chargé de me rappeler à la raison, ce sont les années qui se sont occupées de me détrôner. Jamais je n'aurais cru en arriver là.

Il faudrait que je sois idiot pour ne pas comprendre la réaction de la petite Éliane. Elle doit me trouver pitoyable. Aussi décrépit que mon cadre de vie. Mes astuces, mes stratagèmes doivent lui sembler grotesques, pour le moins datés. Il est impossible que je n'aie pas perdu la manière. Impossible aussi que j'aie su apprendre les nouveaux codes. Tu ne penses pas qu'il est temps de te retirer de la course, m'a dit Yves pendant qu'il me conduisait au taxi tout à l'heure. Je n'habite pas très loin, mais si grande était ma fatigue. Et puis, je voulais me terrer. Bien sûr, je devrais comprendre, ne pas insister, me résigner. La vieillesse, cette mort qui bouge, n'est pas moins sinistre que la rigidité cadavérique, aime me rappeler le même Yves, une citation qu'a dû lui refiler Marie-Paule, c'est de cette vieille savate de Paul Morand, mais est-ce ma faute si je suis encore vivant à plus de quatre-vingts ans ? Quand je sors de la baignoire de peine et de misère, je ne manque jamais de me dire qu'un jour prochain je glisserai, me fracturant une hanche. Ce sera le début de mon enfer. Yves a écrit de belles pages sur le sujet. À l'âge qu'il a toutefois, il n'a pu que supposer. Il n'a pas encore atteint le moment de non-retour que je vois poindre chaque jour avec de plus en plus de netteté. Comment peut-il croire en une amitié qui nous lierait ? Il en parle volontiers. Comme s'il ne s'apercevait pas qu'à peu près rien ne nous unit. Nous avons peu en commun. Il a écoulé sa vie à ne pas la vivre. Quelle femme, à part Valéria, aurait pu accepter de la partager à ses côtés? Je dois lui paraître un bien triste énergumène, instable, exigeant l'impossible pour m'en détourner quand je suis près de l'atteindre. Tout cela relève du passé. Parfois, il me dit que je connais bien les femmes. Je ne connais pas les femmes, Yves. J'ai cru m'approcher d'elles, je n'ai jamais cessé de les traquer. Je me demande maintenant si je n'ai pas pourchassé des ombres. Les illusions, ça me connaît. Longtemps j'ai cru que mes lubies remplaçaient les convictions que j'aurais dû avoir. Jouer pendant tant d'années et sur tant de scènes avec l'impression de ne faire qu'effleurer les choses. Des metteurs en scène, j'en ai connu de tous les genres. Très souvent des casse-pieds qui se croyaient géniaux en interprétant à leur façon les grands classiques, des nullités souvent que seul l'intérêt avait propulsées au premier rang. De toute manière, je n'en faisais qu'à ma tête, leurs directives ne m'atteignaient pas.

Il est minuit et demi. À l'étage au-dessus se déroule une petite réception. Je dis petite, car il ne doit pas s'y trouver plus d'une dizaine de personnes. Loin des sauteries que j'organisais dans les années soixante-dix. Me parviennent des échos d'une musique que j'appelle techno, les basses prononcées, un refrain qui revient comme un leitmotiv. L'insonorisation de l'immeuble a beau être convenable, elle ne peut neutraliser ce son qui pour moi n'est qu'un autre signe de barbarie. Yves ne supporterait pas un seul instant. Il irait frapper à la porte de ces gens, ferait des représentations le lendemain auprès de l'administration. J'ai toujours été incapable de gestes de ce genre. À moins d'avoir bu ou d'être au milieu d'un groupe. Seul, je suis plutôt pleutre. Au fond, il me faudrait dans pareille situation un metteur en scène. C'est fou ce que cette nuit j'aimerais être dirigé. Interpréter un texte, ne pas avoir la permission de m'en écarter et surtout répéter avec une partenaire qui me répondrait.

Dans cet appartement où, selon toute vraisemblance, ma mort viendra, je sais bien que je n'ai plus aucun espoir. Il suffirait qu'Éliane me téléphone pour que tout change. Si, dans l'heure, elle se donnait la peine de me faire signe, un courriel, par exemple, dans lequel elle s'excuserait d'avoir omis de consulter son téléphone portable, rien de plus, je retrouverais l'espoir. À moitié endormi au début, je ne tarderais pas à prendre conscience de mon bonheur. Nous échangerions des propos sans conséquence, nous parlerions de sa visite de demain. Je ne pourrais ignorer que j'ai dépassé l'âge des liaisons amoureuses, je tenterais de ne pas oublier que l'affaire ne durerait pas, mais pendant quelque temps je ne ressentirais plus cette angoisse qui tout à l'heure m'empêchera de dormir. Mon père a eu la chance de mourir d'une embolie à l'âge de quarante-cinq ans. Je n'ai jamais souhaité parvenir à l'âge qui est le mien. Ne pas avoir de mémoire, mon rêve. Tu n'as pas toujours pensé de cette façon, me dirait Marie-Paule. Ce que j'ai pu me vanter devant elle, à l'époque, de la facilité que j'avais à apprendre mes rôles. Je prétendais qu'il me suffisait de lire mes répliques une ou deux fois à haute voix pour les retenir. Je ne disais pas que je n'avais aucun scrupule à modifier les parties de dialogue qui m'étaient confiées. Je me défendais en prétendant que mes substitutions étaient plus proches du langage parlé.

Ce souper dont j'espérais quand même un peu de réconfort a donné ce que j'en attendais. Il avait un petit air de réunion familiale. Il fallait vraiment que je m'ennuie pour rassembler la petite troupe de ceux que j'appelle mes amis alors que je n'en ai pas les moyens. L'addition a été raisonnable. Personne n'a exagéré, même Luc, au fond, s'est retenu. Un peu comme si on s'était donné la main. Le vieux n'a plus un sou vaillant, la modération avant tout. S'ils savaient, les pauvres, ce que contient mon compte en banque. Quatre ans au moins que je n'ai pas eu le moindre cachet. À l'époque des dramatiques radio, on pouvait toujours compter sur des piges modestes, du travail vite expédié. Il suffisait de lire en y mettant un minimum de conviction. On me disait que j'avais du métier, pouvant passer aisément de Marivaux à Tennessee Williams, de Marcel Aymé à Eugene O'Neill. Sans compter les nullités gauchement calquées sur Tremblay et Ducharme. Toujours en moi cet espoir que, m'entendant jouer à la radio dans Ionesco ou Anouilh, on me proposerait de les interpréter au théâtre. Il y a bien une dizaine d'années que la télévision me boude. J'exagère. C'était il y a quatre ans. Un téléfilm dans lequel on m'offrait le rôle d'un vieillard affligé de la maladie d'Alzheimer. Je n'aurais eu que cinq phrases à marmonner. Je n'ai pas donné suite à la proposition. Selon Yves, j'aurais dû accepter. Qui sait, le producteur avait peut-être des projets plus intéressants pour l'avenir? Je sais que j'ai eu raison de décliner l'offre. Le réalisateur pour qui j'aurais travaillé n'a aucun talent, même pour le succès commercial qu'il cherche à obtenir. À côté de lui, je serais un comédien sans compromis. C'est vous dire.

Mais alors, m'a chuchoté Marie-Paule vers la fin du souper, tu fais quoi de tes journées? Ta petite chérie, tu crois qu'elle pourra te rendre heureux? C'est peut-être la meilleure fille du monde, elle peut avoir de l'admiration pour toi, de l'affection même, mais ça ne suffira pas. Tu voudras davantage. Jusqu'au bout, tu resteras le séducteur que j'ai connu. Comment Marie-Paule a-t-elle pu me dire ces choses sans que personne autour de nous les entende? Encore plus surprenant, comment moi, de plus en plus sourdingue, ai-je pu comprendre sans possibilité de méprise que Marie-Paule me tenait dorénavant pour un homme fini? Je lui ai dit que je n'attends plus que la mort et qu'elle me fait peur. Il n'y a rien qui puisse me consoler de la terreur que je ressens à l'approche du néant. À l'âge d'Éliane, on ne se doute de rien. Elle ne peut pas savoir, toute à son avenir. Elle ne peut qu'ignorer ce trouble qui s'empare de moi chaque fois que je la regarde. Sa jeunesse me ferait pleurer. Je voudrais tant l'aider, guider ses premiers pas dans la profession. Annie se moquerait de moi si elle m'entendait. Annie avec son décolleté qui bâillait et qui, fière d'avoir pu embrigader le petit Luc, m'a lancé à la fin du repas un prénom qui, selon elle, me confondrait. Lucie, le prénom incriminant, le prénom qu'elle m'a jeté au visage, comme si, à l'entendre, j'allais me perdre en explications maladroites. Lucie, je l'ai vue tous les dimanches jusqu'à ses six ans ou à peu près. Pourquoi n'ai-je pas continué à m'en occuper? Je ne me souviens pas très bien, j'imagine que le travail y est pour quelque chose. Une tournée en France probablement. Il y avait déjà longtemps que j'avais rompu avec Marjolaine. Expliquer à Annie les événements de ce temps-là ne m'intéresse pas. D'autant que Luc était présent. Je ne voulais pas m'appesantir. Ai-je été léger dans cette histoire? Probablement. Aurais-je dû insister auprès de Marjolaine pour qu'elle me laisse voir Lucie plus souvent? Il faut dire qu'elle avait décidé d'aller vivre à New York. Elle avait cru aux promesses d'un agent. Aussi bien l'avouer, je me suis senti libéré. Lucie était une enfant adorable. Mais, au bout d'une heure ou deux passées en compagnie de ma fille, j'en avais plus qu'assez. Salaud, moi, comme veut le laisser croire Annie? Je ne pense pas. Marjolaine n'a jamais voulu que je lui verse une pension. C'était contre sa conception de la liberté. À son retour de New York, elle n'a plus joué au théâtre. Après avoir enregistré un 45 tours, nettement médiocre, elle avait travaillé comme rédactrice de textes publicitaires pendant une année ou deux. Par la suite, personne n'a su ce qu'elle était devenue jusqu'à ce qu'on apprenne son internement. S'il m'arrivait de me souvenir que j'avais une fille, je n'avais pas eu de mal à ne plus tellement m'en soucier. De l'état psychologique de Marjolaine puis de son entrée en institution, je n'ai rien su. Je suis bien prêt à admettre qu'il aurait suffi d'un peu de curiosité de ma part pour que j'en sois informé. Marjolaine faisait partie d'un passé qui avait cessé de m'intéresser. J'étais encore à l'époque où le présent m'accaparait. Petit à petit, Lucie à son tour est disparue de ma vie. Il m'arrivait de songer à elle, de souhaiter la revoir, mais j'étais entraîné dans des liaisons de moins en moins simples.

Il n'est pas impossible que je tente de la rencontrer. Le souhaite-t-elle? Rien n'est moins sûr. Que trouverions-nous à nous dire? Marjolaine n'a pas dû lui laisser un souvenir trop attendrissant de l'homme que je suis. Annie croit peut-être que je peux aider financièrement l'enfant dont je ne me suis jamais occupé. Elle ne peut pas savoir que l'ancien bourreau des cœurs attend son prochain chèque de pension de vieillesse pour remplacer le pantalon élimé qu'il s'obstine à porter. Il est vrai que je tiens un tout autre discours. M'a-t-elle cru quand j'évoquais la possibilité de louer cet été une villa en Provence? Il n'y a pas à dire, je suis cinglé. Toujours à me donner en spectacle. Même seul, dans cet appartement qui ne m'est plus un refuge, je me comporte comme un vieux cabot. Jusqu'où va me mener cette vie inutile? Éliane est sûrement rentrée à l'heure qu'il est. Elle ne cesse de me dire qu'elle se couche tôt. Peut-être réussirais-je à la joindre. Je crois tout de même qu'il est préférable que je n'insiste pas. Plutôt conserver l'espoir ridicule qu'elle tient un peu à moi. Pourvu qu'elle n'ait pas oublié notre rendez-vous de demain.

Un jour, Yves écrira peut-être un roman dans lequel il sera question de mes lubies.

Table des matières

Dix heures   11

Onze heures et demie   33

Treize heures   59

Quinze heures   87

Dix-sept heures   113

Dix-neuf heures   137

Vingt et une heures   161

Minuit   189

Crédits et remerciements

Les Éditions du Boréal reconnaissent l'aide financière du gouvernement du Canada par l'entremise du Fonds du livre du Canada (FLC) pour leurs activités d'édition et remercient le Conseil des arts du Canada pour son soutien financier.

Les Éditions du Boréal sont inscrites au Programme d'aide aux entreprises du livre et de l'édition spécialisée de la SODEC et bénéficient du Programme de crédit d'impôt pour l'édition de livres du gouvernement du Québec.

Couverture : Poli Wilhelm, *Doce empanadas ocupan mucho espacio*

EXTRAIT DU CATALOGUE

Gil Adamson
    À l'aide, Jacques Cousteau
    La Veuve
Georges Anglade
    Les Blancs de mémoire
Emmanuel Aquin
    Désincarnations
    Icare
    Incarnations
    Réincarnations
Denys Arcand
    L'Âge des ténèbres
    Le Déclin de l'Empire américain
    Les gens adorent les guerres
    Les Invasions barbares
    Jésus de Montréal
Gilles Archambault
    À voix basse
    Les Choses d'un jour
    Comme une panthère noire
    Courir à sa perte
    De l'autre côté du pont
    De si douces dérives
    Enfances lointaines
    La Fleur aux dents
    La Fuite immobile
    Les Maladresses du cœur
    Nous étions jeunes encore
    L'Obsédante Obèse et autres agressions
    L'Ombre légère
    Parlons de moi
    Les Pins parasols
    Qui de nous deux?
    Les Rives prochaines

    Stupeurs et autres écrits
    Le Tendre Matin
    Tu ne me dis jamais que je suis belle
    Un après-midi de septembre
    Un homme plein d'enfance
    Un promeneur en novembre
    La Vie à trois
    Le Voyageur distrait
Margaret Atwood
    Cibles mouvantes
    L'Odyssée de Pénélope
Edem Awumey
    Les Pieds sales
    Rose déluge
Michel Bergeron
    Siou Song
Hélène de Billy
    Maurice ou la vie ouverte
Nadine Bismuth
    Êtes-vous mariée à un psychopathe?
    Les gens fidèles ne font pas les nouvelles
    Scrapbook
Lise Bissonnette
    Choses crues
    Marie suivait l'été
    Quittes et Doubles
    Un lieu approprié
Neil Bissoondath
    À l'aube de lendemains précaires
    Arracher les montagnes
    Cartes postales de l'enfer
    La Clameur des ténèbres
    Tous ces mondes en elle
    Un baume pour le cœur

Marie-Claire Blais
   Augustino et le chœur de la destruction
   Dans la foudre et la lumière
   Le Jeune Homme sans avenir
   Mai au bal des prédateurs
   Naissance de Rebecca à l'ère des tourments
   Noces à midi au-dessus de l'abîme
   Soifs
   Une saison dans la vie d'Emmanuel

Elena Botchorichvili
   Faïna
   Seulement attendre et regarder
   Sovki
   La Tête de mon père
   Le Tiroir au papillon

Gérard Bouchard
   Mistouk
   Pikauba
   Uashat

Jean-Pierre Boucher
   La vie n'est pas une sinécure
   Les vieux ne courent pas les rues

Emmanuelle Brault
   Le Tigre et le Loup

Jacques Brault
   Agonie

Chrystine Brouillet
   Rouge secret
   Zone grise

Katerine Caron
   Vous devez être heureuse

Louis Caron
   Le Canard de bois
     Les Fils de la liberté I
   La Corne de brume
     Les Fils de la liberté II
   Le Coup de poing
     Les Fils de la liberté III
   Il n'y a plus d'Amérique
   Racontages
   Tête heureuse

André Carpentier
   Dylanne et moi
   Extraits de cafés
   Gésu Retard
   Mendiant de l'infini
   Ruelles, jours ouvrables

Nicolas Charette
   Chambres noires
   Jour de chance

Jean-François Chassay
   L'Angle mort

   Laisse
   Sous pression
   Les Taches solaires

Ying Chen
   Le Champ dans la mer
   Espèces
   Immobile
   Le Mangeur
   Querelle d'un squelette avec son double
   Un enfant à ma porte

Ook Chung
   Contes butô
   L'Expérience interdite
   La Trilogie coréenne

Joan Clarke
   La Fille blanche

Matt Cohen
   Elizabeth et après

Normand Corbeil
   Ma reine

Gil Courtemanche
   Je ne veux pas mourir seul
   Le Monde, le lézard et moi
   Un dimanche à la piscine à Kigali
   Une belle mort

Judith Cowan
   La Loi des grands nombres
   Plus que la vie même

Esther Croft
   Au commencement était le froid
   La Mémoire à deux faces
   Tu ne mourras pas

Michael Crummey
   Du ventre de la baleine

France Daigle
   Petites difficultés d'existence
   Pour sûr
   Un fin passage

Francine D'Amour
   Écrire comme un chat
   Pour de vrai, pour de faux
   Presque rien
   Le Retour d'Afrique

Fernand Dansereau
   Le Cœur en cavale

Edwidge Danticat
   Le Briseur de rosée

Michael Delisle
   Tiroir Nº 24

Louise Desjardins
   Cœurs braisés

Le Fils du Che
Rapide-Danseur
So long
Germaine Dionne
  Le Fils de Jimi
  Tequila bang bang
Fred Dompierre
  Presque 39 ans, bientôt 100
David Dorais et Marie-Ève Mathieu
  Plus loin
Christiane Duchesne
  L'Homme des silences
  L'Île au piano
Louisette Dussault
  Moman
Irina Egli
  Terre salée
Gloria Escomel
  Les Eaux de la mémoire
  Pièges
Michel Faber
  La Rose pourpre et le Lys
Jacques Folch-Ribas
  Paco
  Les Pélicans de Géorgie
Jonathan Franzen
  Les Corrections
  Freedom
Christiane Frenette
  Après la nuit rouge
  Celle qui marche sur du verre
  La Nuit entière
  La Terre ferme
Marie Gagnier
  Console-moi
  Tout s'en va
Katia Gagnon
  La Réparation
Robert Gagnon
  La Mère morte
Lise Gauvin
  Fugitives
Simon Girard
  Dawson Kid
Douglas Glover
  Le Pas de l'ourse
  Seize sortes de désir
Anne-Rose Gorroz
  L'Homme ligoté
Scott Griffin
  L'Afrique bat dans mon cœur

Agnès Gruda
  Onze petites trahisons
Louis Hamelin
  La Constellation du Lynx
  Le Joueur de flûte
  Sauvages
  Le Soleil des gouffres
  Le Voyage en pot
Bruno Hébert
  Alice court avec René
  C'est pas moi, je le jure!
David Homel
  Orages électriques
Michael Ignatieff
  L'Album russe
  Terre de nos aïeux
Suzanne Jacob
  Amour, que veux-tu faire?
  Les Aventures de Pomme Douly
  Fugueuses
  Histoires de s'entendre
  Parlez-moi d'amour
  Un dé en bois de chêne
  Wells
Nikos Kachtitsis
  Le Héros de Gand
Emmanuel Kattan
  Les Lignes de désir
  Nous seuls
Nicole Krauss
  La Grande Maison
Bïa Krieger
  Les Révolutions de Marina
Marie Laberge
  Adélaïde
  Annabelle
  La Cérémonie des anges
  Florent
  Gabrielle
  Juillet
  Le Poids des ombres
  Quelques Adieux
  Revenir de loin
  Sans rien ni personne
Marie-Sissi Labrèche
  Amour et autres violences
  Borderline
  La Brèche
  La Lune dans un HLM
Dany Laferrière
  L'Art presque perdu de ne rien faire
  Chronique de la dérive douce

L'Énigme du retour
Je suis un écrivain japonais
Pays sans chapeau
Vers le sud

Robert Lalonde
Des nouvelles d'amis très chers
Espèces en voie de disparition
Le Fou du père
Iotékha'
Le Monde sur le flanc de la truite
Monsieur Bovary ou mourir au théâtre
Où vont les sizerins flammés en été?
Que vais-je devenir jusqu'à ce que je meure?
Le Seul Instant
Un cœur rouge dans la glace
Un jardin entouré de murailles
Un jour le vieux hangar sera emporté
    par la débâcle
Le Vacarmeur

Nicolas Langelier
Réussir son hypermodernité et sauver
    le reste de sa vie en 25 étapes faciles

Monique LaRue
Copies conformes
De fil en aiguille
La Démarche du crabe
La Gloire de Cassiodore
L'Œil de Marquise

Hélène Le Beau
Adieu Agnès
La Chute du corps

Rachel Leclerc
Noces de sable
La Patience des fantômes
Ruelle Océan
Visions volées

Louis Lefebvre
Guanahani
Table rase
Le Troisième Ange à gauche

François Lepage
Le Dilemme du prisonnier

Robert Lévesque
Récits bariolés

Alistair MacLeod
La Perte et le Fracas

Francis Magnenot
Italienne

André Major
L'Esprit vagabond
Histoires de déserteurs
La Vie provisoire

Gilles Marcotte
Le Manuscrit Phaneuf
La Mort de Maurice Duplessis
    et autres nouvelles
Une mission difficile
La Vie réelle

Yann Martel
Paul en Finlande

Alexis Martin
Bureaux

Alexis Martin et Jean-Pierre Ronfard
Transit section n° 20
    suivi de Hitler

Colin McAdam
Fall

Stéfani Meunier
Au bout du chemin
Ce n'est pas une façon de dire adieu
Et je te demanderai la mer
L'Étrangère

Anne Michaels
La Mémoire en fuite

Michel Michaud
Cœur de cannibale

Marco Micone
Le Figuier enchanté

Christian Mistral
Léon, Coco et Mulligan
Sylvia au bout du rouleau ivre
Vacuum
Valium
Vamp
Vautour

Hélène Monette
Le Blanc des yeux
Il y a quelqu'un?
Là où était ici
Plaisirs et Paysages kitsch
Thérèse pour Joie et Orchestre
Un jardin dans la nuit
Unless

Pierre Monette
Dernier automne

Caroline Montpetit
L'Enfant
Tomber du ciel

Lisa Moore
Alligator
Les Chambres nuptiales
Février
Open

Pierre Morency
Amouraska

Yan Muckle
Le Bout de la terre

Alice Munro
Du côté de Castle Rock
Fugitives

Pierre Nepveu
Des mondes peu habités
L'Hiver de Mira Christophe

Émile Ollivier
La Brûlerie

Michael Ondaatje
Divisadero
Le Fantôme d'Anil
La Table des autres

Véronique Papineau
Les Bonnes Personnes
Petites Histoires avec un chat dedans
  (sauf une)

Eduardo Antonio Parra
Terre de personne

Viktor Pelevine
Minotaure.com

Nathalie Petrowski
Il restera toujours le Nebraska
Maman last call

Alison Pick
L'Enfant du jeudi

Daniel Poliquin
L'Écureuil noir
L'Historien de rien
L'Homme de paille
La Kermesse

Monique Proulx
Les Aurores montréales
Champagne
Le cœur est un muscle involontaire
Homme invisible à la fenêtre

Pascale Quiviger
La Maison des temps rompus
Pages à brûler

Rober Racine
Le Cœur de Mattingly
L'Ombre de la Terre
Les Vautours de Barcelone

Bruno Ramirez et Paul Tana
La Sarrasine

Mordecai Richler
Un certain sens du ridicule

Noah Richler
Mon pays, c'est un roman

Yvon Rivard
Le Milieu du jour
Le Siècle de Jeanne
Les Silences du corbeau

Louis-Bernard Robitaille
Le Zoo de Berlin

Alain Roy
Le Grand Respir
L'Impudeur
Quoi mettre dans sa valise ?

Hugo Roy
L'Envie

Kerri Sakamoto
Le Champ électrique

Jacques Savoie
Les Portes tournantes
Le Récif du Prince
Une histoire de cœur

Mauricio Segura
Eucalyptus
Bouche-à-bouche
Côte-des-Nègres

Alexandre Soublière
Charlotte before Christ

Gaétan Soucy
L'Acquittement
Catoblépas
Music-Hall !
La petite fille qui aimait trop
  les allumettes

France Théoret
Les apparatchiks vont à la mer Noire
Une belle éducation

Marie José Thériault
Les Demoiselles de Numidie
L'Envoleur de chevaux

Pierre-Yves Thiran
Bal à l'abattoir

Miriam Toews
Drôle de tendresse
Irma Voth
Les Troutman volants

Su Tong
Le Mythe de Meng

Lise Tremblay
La Sœur de Judith

Guillaume Vigneault
Carnets de naufrage
Chercher le vent

Kathleen Winter
Annabel

Ce livre a été imprimé sur du papier 100 % postconsommation,
traité sans chlore, certifié ÉcoLogo
et fabriqué dans une usine fonctionnant au biogaz.

MISE EN PAGES ET TYPOGRAPHIE :
LES ÉDITIONS DU BORÉAL

ACHEVÉ D'IMPRIMER EN JANVIER 2013
SUR LES PRESSES DE MARQUIS IMPRIMEUR
À CAP-SAINT-IGNACE (QUÉBEC).